新！

雖然店長少根筋

早見和真

U0028788

目錄

第一話　雖然回歸的店長少根筋

那是在短短十分鐘前的事，我的確聽到了這麼一句話：
「我想這個時期，朝會簡單開一下就好──」
那既非時隔三年與部下重逢的問候，也非對初次見面員工的自我介紹。
看著以這句話做為朝會開場白的山本猛前店長……不，是從今天起再次回歸職位的山本猛新店長，我稍微有了期待，心想「啊，這個人這些年大概也累積了許多苦頭，脫胎換骨了吧」。
所有武藏野書店吉祥寺本店過去認識店長的人，聽到那句不像店長風格的話，也都露出了「!?」的表情。
站在我身旁的大學生工讀弟弟也小聲對我說：「店長感覺跟傳聞中的不一樣耶，也比我想像中有型。」
我實在無法相信這是十分鐘前的事，在這短短的時間裡，祝福的心情已消失殆盡，在場所有人無關乎正職、約聘還是工讀生，跨越了性別、年齡、故鄉以及對工作熱情的差別，都有一種共同的情感──
不耐。
又或者，無止盡的憤怒。
啊啊，多麼令人懷念的團結感。
儘管這一點也不值得尊敬，但才十分鐘便打造出跟三年前一模一樣的氣氛可以說是一種才能。

不，我們所有人都很清楚，不能用「才」來形容早上的這十分鐘。

「我認為，書店早上的十分鐘相當於平常的一小時，我不會把時間分給沒有意義的朝會，也請大家珍惜開店前的準備時間。」

第一次向員工問候時如此宣布的小柳真理前店長，一定是將前任輕浮的笑容牢牢放在心上了吧。

當時，店裡先是有一個人鼓掌，接著又一個人，自然而然湧現了掌聲。全員都很內向的武藏野書店員工，就像是聽到精采演講深受感動的美國人，全都忘我地拍起手來。

三年前，山本店長調到宮崎深山中的新書店，小柳接替店長復職，就任新店長。回想起來，那或許是最幸福的一段時光吧。

我瞥向時鐘，距離開店還有十五分鐘。換算成平常時間，店長已經一個人持續講了一個小時。

啊啊，話說回來，我實在睏得不得了。雖然不甘心，但店長從宮崎回來這件事讓我激動得昨晚幾乎沒怎麼睡。

我強忍住呵欠，店長微微抬眉。

「怎麼了，谷原京子，妳有在認真聽嗎？」

啊啊，這個不知為何要用全名叫我的既視感。所有老員工的身體都抖了一下，身旁的大學生呆呆地張開了嘴。

店長不耐地接著說：「妳如果還一直維持在約聘人員的心態，我會很傷腦筋喔。妳應該沒忘記我為了讓妳成為正職，私底下做了多少安排吧？拜託妳，千萬別丟我的臉。」

瞬間，我呆若木雞，這就是三年時間的空白。要是從前，我的喉嚨在剛才那瞬間一定就會發出聲響。緊繃的店裡響起令人懷念的憤怒低鳴是在短暫的寂靜之後。

那件事不僅不該在眾人面前公開，對在場的約聘員工也很失禮。「私底下做了多少安排」這句話更是噁心得令人全身起雞皮疙瘩。儘管有一肚子想說的話，我卻沒有表達出來，店長也不是那種會注意到我不耐的人。

他只是一副受不了的樣子聳聳肩，繼續道：

「我看看，既然如此，最後就不再為重新見到大家打招呼了，讓我們來確認武藏野書店吉祥寺本店為什麼必須以日本第一的書店為目標吧。」講得一副這是書店長久以來的共同目標一樣。

早已充滿怨念的店裡只聽得到店長的聲音。

「那麼，那邊那個——」

店長無禮直指的對象是才剛進來三個月的工讀生妹妹，名叫山本多佳惠，二十四歲，總是一副對周遭滿不在乎的態度，令人難以捉摸。由於她的心臟非常強壯，一些行為舉止會讓人聯想到店長，加上又和店長同姓，一些愛說三道四的老員工甚至謠傳她是「山本店長的私生女」。

「什麼？」山本懶洋洋地回應。原來如此，那無法看穿內心的表情的確會讓人想到店長。

店長靜靜提問：「妳知道日本第一高峰是哪裡嗎？」

「知道，那個……我想應該是富士山吧。」

「沒錯，那麼，妳知道第二高峰的名字嗎？」

「啊，第二高峰是北岳。」

「沒錯，也就是說就是這麼一回事，第一和第二之間就是有著這樣的差異。順帶一提，妳應該不知道世界第二高峰吧？」

「是喬戈里峰，人稱K2。」

「就是這麼一回事。這就是為什麼我們必須以第一為目標的理由。」

店長不知為何驕傲地挺起胸膛，山本則是發出感佩的喟嘆。這是怎麼一回事？凡人如我無法理解。只要看到店長那自豪的神情便很清楚他不是在開玩笑。大概是事先鋪陳的軌道太硬，難以修改方向吧。

聽到這段對話，已經沒有老員工會懷念地瞇起眼睛，也沒有新員工會覺得驚訝了。無論男女老少，全都感到焦躁不耐。

店長是會讓初次見面的大學生忍不住說出「型男」的人。雖然骨瘦如柴，肌膚病態地蒼白，但只要不說話，長相也不是不能看，戴上口罩後更是如此。

店長誇張地看了眼手錶，拍手鼓舞大家：「好了好了，沒有時間發呆了，書店早上的十分鐘媲美平常的一小時。好啦，愉快的一天又開始了！」

在場沒有一個人回應店長，全都鳥獸散往各自的崗位。

我獨自佇立原地，露出不自覺的微笑，在心裡低語：

歡迎回來，店長……

這實在太有我的風格了，連我自己都覺得傻眼。平常即使花三十分鐘也無法盡如人意的工作，我不到十分鐘便完成了。

我從以前就認為，「人類不是因為『擁有』什麼而滿足，而是因為『沒有』什麼才會絞盡腦汁，想方設法」。

即使每個月都會陷入缺錢狀態，明知早、中、晚三餐要持續吃自製竹輪夾心麵包的月底即將來臨，但只要想看的書一發售，猶豫再三後最終還是會買下。當然，月底會更加不好過，卻也是關關難過關關過。反倒是就算幫文庫本寫導讀有了臨時收入，月底還是會神奇地一直吃竹輪夾心麵包。

某次，我把這件事當笑話跟另一名店員說後，對方的眼睛迸出前所未有的光芒。

「啊啊，好厲害，谷原，妳也是這樣吧？我懂。人類這種生物大概就是因為『沒有』什麼，才會運用智慧想辦法解決問題吧。雖然這個理論有些曖昧不可靠，冷靜想想甚至莫名其妙，但我還是很喜歡妳這種感性的思考方式。哪怕要廢核，人類也一定能創造出不一樣的能源，對吧？」

「不、不是的，抱歉。等等——」瞬間被歸類為反核同伴的我試圖辯解，對方卻沒有要聽的意思。

「妳看嘛，我這個人不是在有些地方上特別嚴格嗎？所以，我非常憧憬妳那種該說是沒有節操？意志薄弱？總之，就是軟綿綿的部分。」

那一天將我的內心射得千瘡百孔，直到最後也不肯聽我解釋的後輩約聘店員——磯田真紀子，來到收銀臺前。

「谷原，我看完了。」

磯田一如往常板著一張臉道。那過於硬邦邦的態度令我有些措手不及，一時間反應不過來。

「咦，看完了？」

我將當代首屈一指的暢銷作家——大西賢也的新作樣書交給磯田，並交代她「絕對要對其他人保密」是昨天下班時的事。我知道磯田平常已經很忙碌，更何況那絕對不能算是部簡短的小說，因此實在沒有心理準備聽到她這麼說。

磯田理所當然地點點頭。

「好久沒聽到妳要我看書，所以我一口氣看完了。」

「謝謝妳。怎麼樣？」

「我不是說我一口氣看完了嗎？」

磯田斜斜看了我一眼，終於露出僵硬的微笑，似乎是「很好看」的意思。血液緩緩流向全身。這是什麼原理呢？明明不是自己達成了什麼成就，但每次只要我覺得很棒的作品獲得認同，便會有種充實的感覺。

「這本書根本是大西老師的生涯代表作吧？應該說，跟出道作一樣，我感受到一種迸發的情感。」

「果然？感覺跟《拂過幌馬車的風》有點像，對吧？」

「對，雖然風格截然不同，但有相似的熱度。這本書完全是在講述希望吧？至少我的感受是這樣。明明是那麼哀傷的故事，不知為何卻又讓人覺得明天可以再繼續努力。」

「我懂，我懂，不能再同意更多了。」

「大西老師現在處於絕佳狀態吧？」

「妳也這樣覺得嗎？我也覺得她有點厲害。」

「老實說，我不喜歡《雖然店長少根筋》。那本書不是我的菜，但我明白大西老師是因為寫了那部作品才突破了某些東西。對作家而言，《雖然店長少根筋》毫無疑問是必要的。這次的作品也完全證明了這件事。雖然那本不是我的菜就是了。」

磯田像在朗誦分配到的臺詞般，勇敢地向我傳達「不是她的菜」這件事。興奮之情迅速委靡。當然，一個人覺得重要的作品其他人不喜歡是常有的事，不需要沮喪。

但即使撇除這點，磯田的話還是令人無法釋懷。

「抱歉，妳果然還在生氣嗎？」

我小心翼翼詢問。磯田雙手俐落地工作，看也不看我一眼，納悶問：「氣什麼？」

「就是《雖然店長少根筋》的事。氣我一直跟大西老師講店裡的內情。」就在我這麼說時，經過櫃檯前的店長故意咳了一聲。

磯田精采地無視了店長，轉頭看向我。

「我沒在生氣。是說，那種老掉牙的事妳要講到什麼時候啊？」

「因為……」

「那件事和這件事是兩碼子事。我只是在談自己對小說的喜好，說我喜歡像出道作或這次作品這種熱血的故事，跟成書背景沒有關係。」

說完，磯田的視線回到手邊的工作。此時，大約一百二十坪的書店響起了宣告開店的〈音樂盒舞者〉。

據說，這是董事長的嗜好。曾有幾個血氣方剛的店員抗議「一大早聽這個很掃興，不要放！」但董事長派頭號會員的店長卻說「你們在說什麼！聽好了，〈音樂盒舞者〉是法蘭克．米爾斯早期──」靠著滔滔不絕講述作曲家的資訊含混過去，堅守了這個傳統。

那位店長現在正站在柱子後方盯著我們看。我和磯田雖然都有察覺，但平常一開店總是會蜂擁而入的客人今天卻難得一個人也沒有，我便不以為意，趁機繼續說：「是嗎？那就好。」

雖然這麼說，我仍是不自覺輕嘆了一口氣。過去不曾公開露面的大西賢也首次在公開場合表明身分，是在距今三年前的武藏野書店吉祥寺本店。

當身穿一襲黑白色調服裝的女性上臺時，幾十年來一直引頸期盼這一天來臨的老書迷們全都嚇得目瞪口呆。

連我直到那時也仍不敢相信。

我的父親在神樂坂經營一家名叫「美晴」的小餐廳，以我過世的母親之名為名。而臺上那位名叫石野惠奈子的女性就是父親店裡的常客。

別說那名女性是大西賢也了，我甚至不曉得她是小說家。每次在「美晴」遇見她時，我都會向她傾吐工作上的不滿。而以那些內容為靈感寫下的書籍，便是與大西賢也過往作品呈現截然不同風貌的《雖然店長少根筋》。

大西賢也的真實身分原來就是石野小姐。這可以從兩者的羅馬拼音「ISHINO YENAKO」和「OONISHI KENYA」的變位字謎中解開。只要把O啊K啊等等的前後交換，石野惠奈子就成了大西賢也。

而我卻渾然不覺，毫無保留地和對方聊天。不只說了店長的事，也說了店裡和同事的事，其中當然也包含了磯田。只要認識的人看了這本書，任誰都能知道磯田真紀子就是「磯玉紀子」的原型，本人當時非常氣憤。

會生氣也是人之常情。其實，就連我也……不，我才是應該要生氣的人吧？然而，石野小姐將每一位店員的特徵掌握得絲絲入扣，就像她本人在這間店裡工作一樣，令我佩服不已。更進一步來說，我是單純喜歡那本小說。

開店五分鐘，令人驚訝的是，至今還沒有客人進門。

開店已經五分鐘了，店長還在柱子後看著我們。

「說到這，我昨天也看完了。」

我徹底無視那道視線，改變了話題。

「妳推薦我的那本書，《Stay Foolish Big Pine》。」

「咦？怎麼樣？」

「很猛耶，嚇死我了，最近的年輕小說家真的好有才華。」

「是不是！聽說那不是參加新人獎的投稿，而是隨便在自己社群帳號上寫的內容，才由五反田出版的編輯偶然發現。」

「好像是這樣，我有看網路上的文章。」

「厲害的是，聽說編輯在成書過程裡一個字都沒改。」

「是喔？」

「很強吧？據說連校對也幾乎沒有要修正的地方。我是覺得這個說法很可疑啦，就從頭去看了他社群帳號的內容。」

「他？誰？那個叫馬克江本的作家嗎？」

「對，那個社群帳號不是有鐵錚錚的證據嗎？我就想翻他過去的文章，確認是不是真的一個字都沒修。」

我忍不住凝視眼前的後輩。該說是貪念還是執念呢？我不動聲色挺直身體，並在心中發誓今後絕對不要與磯田為敵。

「然後呢？怎麼樣？」

「真的很厲害，只有兩個地方跟成書不同。一個是『被吃掉』少寫了一個『被』，和重複出現『覺得』這個詞。或許還有其他地方吧，但我只找得到這兩個。明明已經看過一遍書了，結果我還是拿著手機看到大哭。最令人驚訝的，是那個帳號的第一篇貼文。」

「是什麼？」

「S・F・B・P。」

磯田帶著得意的表情道。這次，我的肌膚瞬間泛起雞皮疙瘩。

「騙人？是Stay Foolish Big Pine嗎？」

「那個帳號好像是為了寫小說開的，那句話是這部小說值得紀念的第一行字。」

「也就是說，作者是一開始就想好那段情節了嗎？」

「我覺得是。我猜，他根本就是為了那段情節才建構了這個故事。」

「好強喔。這真的有點強耶，他是天才吧？」

我不自覺發出感嘆。這本書總共六章，那個有些瞧不起人的書名中文意思是「就當個傻瓜吧，Big Pine！」同名篇章則是在故事後半第五章的地方毫無預警登場。

這章劇情色彩鮮明卻也有點刻意安排的痕跡，因此我才認定，如果那不是突然想到的情節就是事後添加的內容。

故事之前的主角只不過是配角，原本以為是配角的人原來才是真正的主角。當作者緊扣章名冷不防揭露這件事時，整個世界就像是日夜顛倒，黑白互換，白天鵝化為黑天鵝般，精采反轉。

如果作者社群帳號的第一句話真的是「S．F．B．P」的話，那麼小說前四章就只是為了第五章鋪設的伏筆。我一時間無法相信尚未出道的小說家有辦法施展出這種技巧。

雖說武藏野書店吉祥寺本店絕不是什麼大書店，文學書籍卻有兩人負責。三年前，由於不想消磨可愛後輩的幹勁，我便央求店長讓磯田也一起負責文學書。雖然我們當初大致是按類型分配各自負責的領域，但沒多久便變成我負責中堅以上的作家，磯田負責新人作家。

磯田真的做得很好，不但幹勁十足，積極表達閱讀樣書的意願，也會花好幾天苦思給出版社的評論感想。她夢想成為武藏野書店的正職員工，對出版界的未來認真懷抱期待，更是鼓足精神尋訪新人的小說。

看著磯田就像看到過去的自己。每當我在精力充沛的磯田身上發現自己過去的身影時，總會感到有些憂鬱。馬克江本這種筆名怪裡怪氣的作家寫的，書名怪裡怪氣的小說，而且還是聽都沒聽過的小型出版社，那是如今的我絕對無法發掘的作品吧。

我的感想似乎讓磯田相當高興，她紅著臉頰說：「谷原，今天下班後要不要去『伊莎貝爾』？我們好久沒去了。我想跟妳聊大西老師的新書，也想再多說一些馬克江本的事。」

「啊，嗯嗯。是可以──」話一出口，我便趕忙搖頭。「啊，抱歉。我今晚有重要的約。對不起，可以下次嗎？」

「重要的約？」

「嗯，今天，無論如何都要去的約。」

就在我開始語無倫次時，工讀生山本多佳惠來到我們身邊，幫了我一把。

「那個──不好意思打擾妳們說話～新店長說～請妳們兩位認真工作～」

開店已經十分鐘，也差不多開始看到零星的客人身影。

儘管如此，真正令人驚訝的是，店長直到現在還在柱子後面盯著我們。

察覺到我的吃驚後，磯田順著我的視線看過去。當她發現店長潛藏的身姿時一定誤會了什麼。

「真是太好了呢，谷原。」

「咦？什麼太好了？」

「山本店長回來啦──」

磯田沒有要聽我的辯解，丟下想說的話後就離開了。

「妳最近不是都不太有精神嗎？剛才聽到妳喉嚨發出低鳴聲時，我想說妳終於變回原本的樣子，稍微安心了。辛苦的日子又要開始了呢，一起加油吧。」

犯太歲。

我好久沒被客人吼了。

訓斥我的人，是我暗地裡稱呼為「神明A」的男性常客，年齡推估為六十八歲。以前他每次來店裡都會找碴，令所有店員避之唯恐不及。最近，大概是他偶爾會帶來的孫子實在太可愛了，總是開開心心，一臉慈祥地買東西回去。

而這位神明A朝櫃檯前的我開口：「啊啊，那位小姐——」

不同以往，神明A用的不是「女人」、「你這傢伙」、「大姊」之類的稱呼，也沒有劈頭就威脅人，聲音裡甚至還透著溫柔。然而，基於長年養成的習性，我還是下意識繃起了身體。

「啊，是的，請問有什麼吩咐？」連口氣也不小心變成女僕口吻。

神明A彎著眉眼道：「那個啊，我想送孫子一本圖鑑當禮物，是我小時候看過的圖鑑——」

聽到神明A這麼說時，我的內心產生了不好的預感。年歲遠超過一甲子的客人小時候看過的圖鑑，現存機率微乎其微。

然而，神明A接下來說的話讓我偷偷鬆了一口氣。

「是恐龍圖鑑。那個，不是插畫，是照片的那種。」

「啊，那種圖鑑的話有幾本，麻煩您稍等一下。」

我快步走向圖鑑區，挑出兩本顯眼的圖鑑，不浪費一分一秒，回到櫃檯。

神明A在櫃檯上攤開我交給他的圖鑑，滿意地點頭。

「啊啊，真不錯。沒錯沒錯，就是這個，就是這種感覺的。」神明A說。

我安心的氣才吁到一半，神明A彷彿不讓我大意似地又緊接著說：「可是，妳搞錯一個重點了。」

「咦，搞錯？」

神明A的表情沒有變化。

「我說了是我小時候的書。我小時候不可能有這種電腦合成的照片吧？」

「咦……？」

「咦什麼？真是的。我想送孫子的，是拍下真正恐龍的照片圖鑑。」

「真正的……恐龍嗎？」

「就跟妳這樣說了啊。」

「真正的、恐龍、照片……」

我無意識地重複，神明A臉上的笑意迅速退散。我恍然回神。所謂的神明，討厭別人一直詢問相同的事。我反射性挺直了身軀。

開啟電腦的舉動讓我的運數走到了盡頭。此時，我應該毅然決然面對這個事實才對——世上不存在那種東西。倘若這世上有「真正的」「恐龍照片」「圖鑑」的話，我才想要呢。跟我說神明童年時有CG還比較實際。

我在腦海裡不停唸著這些話，雙手持續敲打鍵盤。那只是為了安撫眼前顧客的行為，毫無生產性可言。神明A的額頭已經浮現青筋。

當然，無論我怎麼搜尋都不可能出現符合的內容，我抱著覺悟抬頭。

「請問，那是不是化石還是……」

「不是。」

「可、可是，真正的恐龍這種實在是——」

「妳這傢伙是怎樣！妳的意思是我在說謊嗎！不像樣的東西！」

安靜的店裡迴盪著突如其來的怒吼，我忍不住縮起身軀。這大概是我人生中第一次被人罵「不像樣的東西」吧。爸媽要是聽見一定會哭。不可理喻，實在太不可理喻了！

彷彿聽到了我的心聲，店長搓著手奔了過來。

「實在很抱歉，請問發生什麼事了嗎？」

回想起來，店長在宮崎的這三年，神明A不只沒對我，甚至根本不曾大吼過任何人。

都是這傢伙的錯。一定都是這傢伙害的……我瞪著嬉皮笑臉的店長。

神明A似乎很意外，嘟起嘴巴道：「怎麼，是你啊。」

「是的，是在下。」

「好久沒看到你了。怎麼，我聽說你欠人家錢連夜逃債去了。」

「不不不，怎麼可能呢。請問，這邊發生什麼事了嗎？」

「啊啊，對了。你要聽我說嗎？」

神明A板著臉孔開始解釋圖鑑的事。店長則是摸著下巴，不停附和「啊啊，原來如此，原來如此。」、「嗯嗯，原來是這麼回事啊。」

聽完一切來龍去脈後，店長點頭如搗蒜，接著若無其事道：「我全都了解了。是的，是的，有那樣的書，我小時候的確也看過那本圖鑑。」

我喉嚨深處再次響起聲音。我一定翻了個白眼。真的嗎？你這傢伙小時候真的看過真實恐龍的圖鑑嗎!?

這一次，連工讀生山本多佳惠都不知道在想什麼，離開自己的崗位加入話題。

「我也有小時候看過那本圖鑑的印象～」

啊啊，我投降。這裡聚集了三個笨蛋。一股猛烈的孤獨感籠罩在我身上。憤怒、憐憫、訝異，各種不同的視線同時看向我。

接著，店長像是代表眾人似地凜然挺胸道：「谷原還年輕，所以不知道那種圖鑑吧。真的很抱歉，就算要聯絡所有分店，明天前，我們也一定會準備好貴客您要求的貴圖鑑。」

除了我以外，沒人注意到這段話有個「貴」是多餘的。

「可以嗎？」

「當然，我會請谷原準備好。請務必給她一次洗刷名譽的機會。」

事到如今，我已經不想指出用詞錯誤這件事了。反正，武藏野書店擺的字典裡一定也記載了「挽回恥辱」這個成語吧。

這一次，從我嘴裡溢出的「啊？」消失在神明珍貴的話裡。

「妳這傢伙，還好有個好主管回來了。我認為，一名優秀的書店店員絕不是指工作能力好，重要的是這個人有多愛書。妳要再多學習一點書籍知識，好好幫助店長才行。」

恢復慈祥笑容的神明A、感嘆的店長，以及不知為何加入這場對話的年輕工讀生妹妹。

我認真思索起孤獨的意義。

其實，我才是笨蛋吧？

距今不久前，恐龍一直都存活在這個世界，有人拍下了清晰的照片，並存在著那樣的圖鑑。啊啊，原來是這樣，一定是這樣。

我腦海中轉著這些想法，盯著氣氛熱烈的金三角，與他們確實保持社交距離。

一切就像是在慶祝店長回歸一樣。這是令我忍不住想在「慶祝店長回歸」旁標上「犯太歲」的一天。

四月，山本猛店長回歸武藏野書店吉祥寺本店的這一天，不僅是神明A，連這幾年即使來店裡也都保持低調的神明B與神明C，也都突兀地發揮了看家本領。

當我將收據交給以口齒不清聞名的的神明B時，他漲紅著臉，連聲喊了好幾句意義不明的話。

我怎麼聽都像是「北大西洋公約組織！」心裡一面懷疑這個詞反覆出現在這個時間點的可能性，一邊戰戰兢兢問：「您、您是指北約嗎？」神明B瞬時大發雷霆。

而真心想把我收為養女的神明C，則是將拱佐洛拉起司燉飯裝在密合度極差的保鮮盒裡帶來。

這件事本身令人十分感激，我也表達了由衷的謝意，但在將紙袋拿回辦公室前被迫聽了漫長的談話就令人難以消受了。最後，店裡不斷飄著微微的起司味，令夥伴們頻頻蹙眉。

儘管這一天還有其他大大小小的問題接踵而來，也有唯一一件好事。當我幾乎半哭喪著臉準備離開店裡時，從早上談話開始就一直都很冷淡的磯田出聲對我說：「谷原，今天很累吧？辛苦了。」

在眾多降臨的苦難前，後輩慰勞的話語或許微不足道，但令人放心的夥伴的溫暖，總是能給予我救贖。

「嗯，謝謝。」

「下次再一起去伊莎貝爾吧。」

「嗯，一定。」

「今天請好好享受約會。妳有約的人是店長吧？這麼久沒見了，要好好大聊特聊喔。」

「啊，對喔。不是的，磯田，那個——」話說一半我便打住，一時間無法判斷怎麼回答磯田才對。

「那個……嗯。謝謝妳，我會好好享受。」

其實，我原本想先回家放拱佐洛拉起司，但由於不小心加了將近一個鐘頭的班，便直接搭上電車，從吉祥寺搭乘中央線到中野，再從中野換乘東西線前往神樂坂。從地下來到地面後，抬頭仰望的天際還有些許光亮。

僅僅只是這樣便令人心情雀躍。我踏著輕快的步伐走下神樂坂大道。與主街相隔一條路的小石徑……再隔幾條路後，小餐廳「美晴」靜靜佇立在一條平凡無奇的小巷深處。我掀開據說從開店之初便一直沿用至今的門簾，裡頭是我朝思暮想的身影。

「啊啊，真是的！店長！我好想你！我們終於可以單獨見面了！」

如果我有尾巴，此刻一定會興奮搖晃。我拚命忍住與今天忍耐一天不同性質的淚水，小跑步奔向只有幾步距離的人。

店裡瀰漫著悠閒放鬆的空氣。

「唉呀呀，谷原，不要再那樣叫我了啦。」武藏野書店吉祥寺本店的前任店長——小柳真理一臉為難，聳著肩膀道。

我激動地搖頭。

「不要，對我而言只有妳才是店長。」

「可是我已經辭職了，妳跟以前一樣叫我小柳就好。」

「就說不要嘛。不說這個了，怎麼樣？新婚生活好玩嗎？」

「沒什麼特別的。我們本來就住在一起啊，沒什麼不同。但果然還是有稍微從壓力裡解脫吧，不過我現在還不太看書就是了。」

小柳露出寂寥的微笑。我的心刺痛了一下。腦海裡閃過已經思考無數遍的問題——事情為什麼會演變到這個地步呢？

三年前，小柳華麗復職為新店長，讓大西賢也的首次簽名會大獲成功。那一天，我深信此後一切將一帆風順。

實際上，剛開始也沒有任何問題。從「不會花時間在朝會」這最初的問候為開端，所有員工對小柳都心懷景仰，新店長也有心慎重地解決店裡過去那些瑣碎的問題。

最重要的是，由於可說是問題元凶的山本猛前店長已經調職，所有事情真的都運轉得十分順利。想不到自己工作的書店竟然能迎來這麼安穩的日子——我幾乎每天都這麼誇張地感慨，然而……

這一切確實存在著裂縫。我因為自己沒有什麼不滿而持續視而不見。我不是失敗的武藏野書店店員，而是失敗的人。最後，那道裂縫突然在某天化為巨大的破洞，再也無法修復。

說直白點，就是小柳失去了團隊的向心力。要將原因推給兩年前瞬間擴散的新型病毒很簡單，然而，答案一定不在這裡。病毒以及政府因病毒而發布的緊急事態宣言只是讓問題浮上檯面的引爆點。直到現在，連小柳自己都沒有將員工的抵制歸咎於那一連串的變化。

當時，東京都內的書店營業情況明顯分為兩大類：公司行號集中的都市區裡有許多店都停業了，另一方面，靠近住宅區的市郊店則徹底受到「宅經濟」的影響，銷售量激增。位於吉祥寺的武藏野書店完全屬於後者。

店裡每天都忙得跟歲末年初一樣卻又跟歲末年初不同。由於不知道這樣的情況會持續到何時，加上肉眼看不見的未知病毒帶來的不安與恐懼，大家接連幾天都在極限狀態下工作。

就這樣，一點一滴累積的負面情緒在某個時間點突然化為憤怒，情緒的出口便是大家一直以來隱隱約約感到不滿的負責人——小柳。

店裡的人以磯田為中心，抗議：「絕對不能接受這種工作方式！」、「我們連生命安全的保障都沒有嗎！」我心裡一半理解卻也一半無法釋懷。就算我們像市中心的書店一樣關店，大家一定又會對小柳說：「活都活不下去了，請保障我們的生活！」

面對感覺甚至不惜罷工的職員，小柳的態度依舊堅定。

不，或許應該說那是小柳成為店長後第一次對員工那麼堅決。之前，小柳對大家都太溫柔了，聽取了太多抱怨和意見，自己卻絕不依賴任何人。所以從外人的眼光來看，她總是一個人忙得團團轉。

即使如此，小柳始終沒有半句怨言。直到不久前，她才回頭談了那段時期的事。

兩個月前的夜晚，小柳私下告訴我她要結婚離職。她喃喃道：「我真的很無能對吧？好丟臉……」那時，她才第一次在我面前流下眼淚。

「春天」的「魚」是很棒的形容。

從小，每當「炙燒鰆魚」出現在美晴的手寫菜單上時，便會讓我感到明媚的春天已然降臨。

微微炙燒的鰆魚豪邁地放在青翠的紫蘇葉與春收的新鮮洋蔥絲上，以青蔥與檸檬薄片悄悄增色。那淡粉色的魚肉和微焦的魚皮要美麗到什麼地步才肯罷休呢？光是瞧一眼，唾液便在口中擴散開來。

小學時，我的口水真的不小心流出來過，當時還健在的母親哈哈大笑說：「京子真怪，比起咖哩或奶油燉菜，竟然更喜歡炙燒鰆魚。」

昔日母親的自信之作——蛤蜊湯已早早登場。

父親的拿手好菜「玉米天婦羅」則是身旁小柳的最愛，今天還加贈了正當季的竹筍天婦羅。

我看著竹筍，獨自感嘆「啊啊，原來如此」。「竹」字頭加上代表當季的「旬」便成了「筍」。古人多風雅啊，甚至到了韻味的境界。

泉州的水茄子肥厚得可以用「宛如牛排」這種直白的方式形容，上頭是強調自己存在感的廣島縣魩仔魚乾；封存十多年的米糠醬菜本身的存在便足以令人著迷；豪華櫻鯛生魚片的蜜桃色澤據說是懷有魚卵的證明；金黃高湯呼之欲出的煎蛋捲，滿桌的料理彷彿集結了這個國家的精華……就在我這麼想時，終於發現哪裡怪怪的。

這麼說來，美晴店裡也籠罩著今天困擾了我一整天的那個味道，而且味道來源不是我腳邊的紙袋，而是料理檯。

「店裡是不是臭臭的啊？」

小柳一臉無奈回答：「妳現在才發現嗎？從妳來的時候就一直這樣啦。」

我呆愣地張著嘴。下一瞬間，店門發出「喀啦啦」的清脆聲響。

「啊啊，肚子好餓。爸爸，我回來囉。對了，拱佐洛拉起司燉飯做好了嗎？」

店長不知為何站在門口。我一點也沒有心情去計較店長在這裡的理由以及他為什麼要求拱佐洛拉起司燉飯。我深切盼望老爹會回店長一句：「我才不是你爸爸！」

然而，老爹卻像個情竇初開的國中少年，臉頰瞬間通紅，無意識地喃喃細語，好像在說「你回來啦，店長」之類的話。

店長已經三年不曾從宮崎回來，我不認為老爹在這段期間和他碰過面。話說回來，他們三年前根本就不熟。

我不明白發生了什麼事。老爹把我晾在一旁，和店長交談了兩、三句話後又突兀地開始準備起燉飯。最後，他以胡椒鹽調味，神色緊張地盛了一盤給店長。

「我要聽真實的感想。」

店長目不轉睛地凝視父親交給他的燉飯，仔細旋轉盤子，將燉飯放到吧檯上後又揮手確認氣味，像是真的有那種品味鑑賞的規矩一樣。

我忍不住和小柳互看一眼。老爹則是屏氣凝神，靜靜看著店長。在全店三人的緊迫視線下，店長將湯匙移到嘴邊。

「原來如此。嗯，算是達到及格分數了吧。」

一陣沉默後，店長拿起餐巾擦拭嘴巴道。老爹的眼神夾雜著安心與擔憂。

「不能成為商品嗎？」

「可以成為商品喔。」

「那、那我馬上放進菜單——」戴著口罩的老爹連珠砲似地激動道。店長不耐煩地伸手制止他。

「唉呀，爸爸，我不是跟你說過好多次了嗎？你的料理既是商品，也不是商品。你的料理之所以能如此緊緊抓住我們的心，是因為這裡的每道菜毫無疑問都是作品。沒錯，你的每一道作品都令人愛不釋手。」

德蕾莎修女和亨利・杜南的眼神一定就是這個樣子吧。店長真的是以慈愛的眼神凝視吧檯上的諸多料理。

雖然我想大力吐槽「不不不，你憑什麼講得一副了不起的樣子啊！」卻說不出口。因為，我驚覺到一件事。

平常，我對那些充斥在網路上的書籍感想一概不信，甚至還仇視地認為「那種東西絕對是花錢買『星星』！」但這樣的我卻有個不為人知的興趣，那就是瀏覽美食網站的評論。

除了看那些讓自己坐立難安的高級餐廳差評大快人心外，我也喜歡偷偷看關於美晴的感想。

美晴不愧是長年仰仗老客人支持的店家，網路上極少有評論，偶爾出現，大部分也都很含蓄隱諱，什麼「說是隱藏餐廳也太隱藏了」、「用靜靜佇立在小巷子裡來形容，對小巷子有點失禮」等等。

而剛好就在距今一年前左右時，網路上毫無預兆出現了一則年輕感十足的評語：「老爹的個性和馬鈴薯沙拉超讚！」

馬鈴薯沙拉……？儘管覺得有些不對勁，但我想大概又是老爹禁不起可愛女生的央求，以現有食材做的菜吧。

然而，這只是開端。從那天起，某美食網站的美晴頁面變得如廟會般熱鬧——

『師傅的拿坡里義大利麵太好吃了！』

『可以吃到正宗川菜的餐廳。』

『老闆強力推薦的桑格利亞水果酒香醇得令人驚豔。』

『推薦豆腐漢堡排，vegan 也能吃！』

『米其林！This is Japan！』

『師傅的韓式煎餅讓我看到了四十年前過世的母親。』

令人忍不住想問：「這到底是什麼店啊！」

某天，我從公寓所在的三鷹跳上末班電車前往神樂坂。

我氣勢洶洶衝下坡道，直接拉開店門。當時映入眼簾的，是已經收起門簾打烊卻仍面對著料理的老爹，臉上的神情透著前所未有的緊張。

明明應該不知道我會回來，他卻一點也不驚訝。

「啊，是妳啊。回來得正好，幫我試吃一下這個。」老爹說。

「咦，吃什麼？」

「這個叫法式吐司的東西。我們談到要拉攏妳這個年齡層的女性顧客。妳可以幫我吃吃看嗎？」

老爹說這句話時眉尾閃耀著汗水的光芒，瞬間令我覺得非常美麗，也因此沒有立即發現那句話裡的異樣。過了幾天，我才發現「我們談到」這幾個字的不對勁。

毫無疑問，老爹接受了某人的料理指導。雖然我想都沒想過那個人是店長，但看來就是這樣沒錯了。老爹盯著在筆記本上記錄些什麼的店長，宛如一名虛心求教的學生。

「還是老樣子呢。」

小柳的低吟令我突然回神。

「什麼老樣子？」

「店長，還是老樣子，對工作非常誠懇，堅定不移得讓人佩服。」

小柳那彷彿認輸般的口吻令我一下子火大起來。店長並不特別，小柳對工作也很認真。就是因為太認真，所以才有些無法變通罷了。

我難以接受，感覺就像是我一直珍惜對待的事物在踐踏它自己一樣。

「是嗎？我不是很懂。」

「不，妳應該懂才對。」
「就說我不懂嘛，妳指的是什麼？」
「店長稱料理為『作品』。妳不可能沒注意到。」
小柳露出勉強的笑容，我咬住嘴唇。雖然不甘心，但我的確有注意到。
——「谷原，我們不要讓自己成為把書本叫做『商品』的店員。我沒辦法清楚解釋其中的差異，但我希望自己能一直用『作品』這個詞來稱呼書籍。」
當我還對書店店員這份工作懷抱遠大夢想時，跟我說這句話的不是別人，正是小柳。
小柳的勉勵令我深受感動，甚至讓我覺得「啊啊，我果然就是為了遇見這個人才會選擇這份工作」。
這樣的人……這樣讓我深受感動又值得尊敬的前輩，在成為店長忙得天昏地暗的一段時期，把書叫成了「商品」。
當然，我很清楚是那樣的忙碌和店員們的抵制讓小柳迷失了自我。
但是，即使不談這點，小柳每天工作時也是一副被逼到絕境的表情，對員工下達「商品的陳列該如何如何」、「那個商品要怎樣怎樣」的指示，令我再也看不下去。
更進一步地說，我不想對自己喜愛的小柳失望。因此，我擠著顫抖的聲音對她說：「店長，妳可以稍微再放輕鬆一點嗎？妳最近一直把書叫成『商品』喔。」

小柳的臉上甚至沒有驚訝，只是不耐煩地盯著我說：「抱歉，谷原，我現在沒精力談那種事。」若非那天下班時小柳向我低頭道歉：「剛才對不起，我好像有點不太正常。」我可能直到現在還無法取回對她的信任。

那段時期，小柳的確把書叫成「商品」，而店長則把父親做的菜稱為「作品」。

但那又如何？並不是這樣店長就高人一等，小柳就矮人一截。話說回來，父親的菜本來就不是作品，更甚者，不時浮現店長影子的美晴令我厭惡不已。無論是鯛魚纖細的鮮味、蛤蠣冉冉上升的香氣還是鰆魚的油脂、檸檬的清爽……甚至是我最重要的兒時回憶！都遭到令人聯想到阿摩尼亞氣味的拱佐洛拉起司毀得一乾二淨。

我內心的吶喊似乎傳到了店長耳裡，原本一臉肅穆吃著燉飯的店長突然看向我。

「其實，我本來已經打算在宮崎埋骨終老了——」

一如往常，我的想法跟不上這突如其來的發展。這個人到底想說什麼呢？

店長微抬眼眸，望著一時間說不出話的我虛弱微笑道：「宮崎山明水秀，景色宜人，是一本能豐富我人生的書冊。生活如此，夫復何求？我打從心底相信，宮崎就是我安享天年的所在。」

不懂、不懂、不懂。我真的搞不懂這個人。

「可是，我在東京仍有未完成的事。不，更正確來說，應該是『出現了』未完成的事。」

店裡鴉雀無聲。老爹和小柳皆以一種陶醉的目光等待店長的下一句話。這兩個人什麼時候改信店長教了？我無論如何也無法接受他們那被店長吸引的眼神。

所以，我打破寂靜。

「啊？什麼未完成的事？雖然我不是很感興趣，但你指的是什麼？」

店長垂下頭瞇起眼睛，理所當然地說：「就是讓妳成為獨當一面的書店店員。」

在一段更深沉的寂靜後，我的手心泛出一層薄汗，全身上下的血液乒唧地搖晃著。

好久沒有這種感覺了。每當我對店長產生強烈的憤怒時，體內的血液便會不自覺地「乒唧」「搖晃」。

「我拒絕。」

你先給我獨當一面再說！我強忍想這樣大吼的心情，冷靜回應。

店長偏頭失笑道：「這不是拒不拒絕這個層次的問題。」

「毫無疑問，就是這個層次的問題。」

「不，說到底，這甚至不是妳的問題。」

「莫名其妙，那是誰的問題？」

「是全體書店界的問題。」店長理所當然放聲道，接著又立刻否定了自己的話。「不──應該說是出版界的未來或是這個國家、這個社會前途的問題。」

已經談不下去，沒什麼好說的了。我深深嘆了一大口氣，默默從座位上起身。

老爹卻朝我大吼：「京子，給我坐下！」

我怒不可遏，瞪著老爹。結果，這次連小柳都說：「谷原，坐下！」

這兩個人到底是怎麼了？明明過去都是我的同伴，聽我分享店長異想天開的行為，現在卻……

不甘、寂寞、難堪和孤獨……我拚命忍耐瞬間湧上的淚水，用力握緊拳頭，直到指甲陷入肉裡。

店長一副不以為意的樣子。

「無論妳再怎麼不願意，我都會介入妳的生活。因為，這就是我的使命。

當然，我還不確定自己是否具備那樣的實力，但連這些都無所謂。唯有培育後進，我們才能開創這個業界與這個世界更美好的將來和光明的前途。應該說，正是因為感到我個人能力的極限，才更期待像妳這樣才華洋溢的選手。谷原京子，我已經做好隨時讓位的準備了，為了那一天的到來，我要栽培妳，請妳做好覺悟。」

有生以來第一次寫網路評論的這個夜晚，我果然還是任自己想像了有生以來第一次踢飛別人的畫面。

『感覺美晴最近迷失了方向，希望美晴可以變回從前的自己。師傅，醒醒吧。』

結果，那則評論下面馬上有人批評：「就是有你這種因循守舊又保守的人這個國家才會停滯不前。你吃過新生美晴的拿坡里義大利麵嗎？」

簡直就像店長在反駁我一樣。

視線不知為何模糊了起來。我盯著那則回覆，刻意將心裡的話喊出來：

「我絕對不會輸給這個傢伙！」

罕病類型的小說之所以能如此打動人心，就是因為主角往往最後都會死去。

意識到剩餘生命的人們面對死亡來臨時的脆弱與靜謐。相互著想的兩人心意達到顛峰的瞬間，故事戛然而止的殘酷與淒美。

假如，與病魔纏鬥的男人奇蹟似地康復，那對戀人的故事繼續發展下去的話會怎麼樣呢？我經常思考這種事，思考故事的後續。

那對戀人應該也會為了雞毛蒜皮的事吵架吧。擅自吃了冰箱裡的零食、一陣子不回訊息、嫌對方體臭、做飯不好吃、傷害對方、惹對方生氣……這樣的日常一景絕對不適合唯美的純愛故事，卻與我的人生十分相契。

我想說，那樣的日常才真正高貴。如果將那些事放在終章稍微提起的話，就連小爭吵應該也都會被視為耀眼的一幕。

然而，人生沒有終章。不，終章才是正篇。就算我人生中的某個時期可以收錄成一本書，之後也會有幾十、幾百本庸庸碌碌的日常會無聲地持續下去。

人生的真理存在於闔起來的故事中是一回事，此外，真實人生和小說更是差了十萬八千里。正因如此，活著才會是殘忍、辛苦又崇高的一件事吧。

或許，就連我和店長之間若是用三年前那一小段時間裡發生的事，也可以整理成一本書。實際上，大西賢也所寫的《雖然店長少根筋》就是那種形式的小說。

如果我的人生就像那本小說的結局，最後一幕是店長出發前往宮崎，又或者至少是小柳以新店長之姿凱旋回歸武藏野書店，以大西賢也初次露面的簽名會作結的話，或許還算有看頭。

然而，人生果然和小說不一樣。我活著，店長也活著。只要還活著，就有機會再相見，什麼都沒有結束也什麼都沒有完結。故事仍舊持續下去與故事完結一樣殘酷。

我的理智也明白，如同許多小說續集會被認為畫蛇添足，甚至還會傷害到成功的第一部作品一樣，如果跟以往相同的日常再次來臨的話，那些曾經散發奇蹟光芒的日子也會瞬間遭到陰影吞噬吧。明知如此，我卻還是……

看來，我心裡某個角落似乎殷殷期盼著店長回來。一廂情願，期待有趣的日子或許會再出現，又一下子感到遭人背叛，對一個人失望。我能認知到這件事，是因為自從在美晴和店長碰面後的隔天起，我的工作便鬱卒不已。

如同前一晚的宣言，店長真的開始處處介入我的工作。不，我覺得以「介入」來形容那些行為並不正確，那應該叫做「刁難」或是「找碴」。武藏野書店的字典中，「栽培」辭條旁的注音一定是「ㄑㄧ　ㄈㄨˋ」。

店長本來的個性就很纏人。過去我之所以能夠忍受那股纏勁，只是因為他身上曾有過那麼一丁點的可愛。如今，從宮崎回來的店長就連那一丁點的可愛也消失無蹤了。

店長這個人，本來只要提起幹勁就不會有什麼好事。現在，他的那股幹勁全用在我身上。

「谷原京子，妳有在認真聽嗎！」

該說不愧是前創作歌手嗎？店長響亮的高音劃破了開店前澄徹的空氣。

我已經連續一週像這樣在朝會上被點名了。我不想在其他員工面前頂撞店長，尤其不想讓可愛的後輩見到我的醜態。我提醒自己，暴怒的話就輸了。

然而，我已經到了臨界點，喉嚨深處並沒有發出慣例的聲音，內心也沒有謾罵「我要辭職」，只是靜靜發火。

「幹麼啦？你真的很囉嗦耶！」

此刻，我的表情一定似笑非笑。我沒發現自己洩漏了心聲。

「您剛剛說了什麼嗎，谷原京子？」店長不可思議地嘟著嘴問。

「沒什麼。」

「妳如果有哪裡不滿，不如趁現在說清楚如何？妳最近的態度有點令人看不下去。」

「那才是我要說的話。」

「妳說什麼？」

「應該說，既然如此的話，請不要管我，我會做好分內的工作。我不喜歡店長現在對待我的方式。」

「辦不到。」

「為什麼？」

「我不是說過了嗎？因為我要栽培妳。」

「我並沒有期望店長這麼做。」

「就說了，這跟妳的意願無關。」

「我不明白，為什麼是我？」

「這還用說嗎？因為我對妳有所期待，就是這樣。」

為什麼我要被你這種人……我按捺住想回嘴的心情，微微偏頭問：「所以說，店長希望我怎麼做？」

「我不是說了嗎？我要讓妳當我的接班人。」

「你的接班人是什麼啊？」

對於我不禮貌的口氣，店長也沒苛責，冷笑著說：「這還用問嗎？就是讓妳當這間店的店長啊。雖然大家表面上看起來沒那個意思，但這間公司有一半以上的男職員都在覬覦我這個位置。在這個情況下，如果首次有約聘員工出身的人當上店長，而且還是第一個成功的女店長的話，妳不覺得很大快人心嗎？」

店裡悄然無聲。雖然朝會比平常花了更久的時間，但似乎沒有人不滿，所有人都提心吊膽地在一旁看著我和店長對話。

這次換我笑了出來。

「我不覺得哪裡大快人心。」

「為什麼？」

「因為我從來沒想過要那樣。」

「我以前也沒想過啊。所以我不是說了嗎？這跟妳的意願無關，不管本人期望與否，有時候那樣的趨勢瞬間就會來到我們身上。」

少說謊了……我竭力壓抑心聲，輕輕嘆了一口氣。我不是很清楚其他男職員怎麼樣。會對舊時代化身的董事長阿諛奉承的男職員，我也不想了解他們的心情。但我不認為所有人都野心勃勃，一心飛黃騰達。

話說回來，那也不是多了不起的位子吧？就是現在這個店長擔任的工作。一間微不足道書店本店的微不足道店長職位，多少人會覺得有價值呢？

若說有誰執著於這個位子的話，全天下只有一人，每天都帶著神清氣爽的表情來上班。什麼「我以前也沒想過」，什麼「不管本人期望與否」，裝傻也要有個分寸。

我撐起臉上的笑容。如果不這麼做，我知道自己就會在眾人面前落淚出糗。

店長的一番言論裡混雜了一句我無論如何也不能接受的話——「第一個成功的女店長」。

那句話也連帶是對前店長小柳的否定。這跟是男是女無關，小柳只是遭遇了整個社會都第一次面臨的事件，受到困難的世道擺弄。那段時期的書店宛如戰場，不知道子彈會從哪個方向飛來。當時不在的人沒資格對小柳說三道四。

我封起憤怒，竭力保持笑容，結果連這點店長也要挑剔。

「谷原京子，妳的缺點就是像這樣明明不高興卻還是在笑。生氣的話就大喊自己在生氣就好。妳的憤怒總是在妳自己的心裡結束。人生，有不得不奮戰的時刻，不得不大吼的時刻。」

我緩緩抬頭，只見店長以懇求般的眼神盯著我。突然，我思考起這個男人為什麼想讓我當店長。

他該不會是想利用栽培我的這項成績圖謀個人的飛黃騰達吧？如果他是想帶著把前約聘員工或是女店員打造成店長的成果，登上董事長祕書這個加官進爵的跳板，我會打從心底瞧不起這個男人，真正地無法原諒他。

「我們明天下午會在董事長家召開店長會議，也請妳出席。我已經取得許可了。」

我的憤怒跟三年前的憤怒性質有點不同。從前，我應該是更悠哉、更不負責任地生氣。

漫長的終章——我現在一定處於被批評為「畫蛇添足」的故事裡。突然，我沒有自信自己還能再堅持下去。

「我對妳深表同情。」朝會結束後，磯田立刻對我說。

每當我陷入危機伸出援手的，總是陪我分擔不滿的夥伴。

如果沒有這句話，我或許真的會放聲怒吼。我為自己可以不受店長擺布，深深鬆了一口氣。

隔天下班後，我久違地推開了「伊莎貝爾」的店門。這是間古色古香的老式咖啡店，距離武藏野書店本店大約五分鐘路程。伊莎貝爾沒有提供酒精性飲料，平常到了晚上八點就會打烊。會這樣做大概是因為客群多為年長者，更正確來說，是因為這裡只會看到老爺爺和老奶奶的關係。有段時間，伊莎貝爾清閒得令人不忍卒睹。

伊莎貝爾的老闆在一次又一次嚴格遵守都廳發出的要求下持續開店。口罩不足時就戴自製口罩，當市面上終於開始供給口罩後，便配戴兩層市售不織布口罩，從某個時期之後甚至連面罩都戴上了。

即使做到這個地步，老闆也幾乎閉口不語。疫情擴散前我們都已經是可以沒有包袱聊天的交情了，現在他卻沒有開口的意思，像是在說「這是禮貌」。

老闆的這股氣魄打動了我，我比從前更常光顧伊莎貝爾，或許還產生了一種「自己必須守護這間店」的使命感。每次確認進門的人是我後，老闆一定會迅速給我個眼神，聳聳肩，像是在說「今天還是老樣子」。

我一如往常朝老闆揮手，老闆指著柱子的方向表示「人已經來了喔」。

我已經比約定時間提早三十分鐘，磯田卻已經在座位上，今天手裡依舊還是拿著馬克江本的《Stay Foolish Big Pine》。

「辛苦了，妳來得好早喔。」我拉開椅子對磯田說。

「啊，谷原，辛苦了。怎麼樣？妳去董事長家了吧？第一次店長會議如何？」磯田一闔起書本，立刻展露赤裸裸的好奇心。

我忍不住苦笑。

「嗯——怎麼樣啊——」

我的話到這裡頓住。其實，我本來已經有大肆抱怨的打算。董事長過去的訓示是如此愚蠢，聽從指示的各店店長態度也令人不忍卒睹。我本以為自己一定會把這些事當笑話，對那場最爛的會議一笑置之。

然而，實際上的店長會議卻與我的想像有所出入。首先，是好久不見的武藏野書店董事長柏木雄三，幾乎可說是霸氣盡失。

聽說，董事長的身體在兩年前出了狀況。也有傳聞，嗜酒如命的他最近戒了酒，身體逐漸康復。然而實際見到的董事長卻一臉有氣無力的樣子。

各店店長受董事長的影響也都一臉黯淡，唯有本店的山本猛店長即使臉上戴著口罩仍舊鼓舞著大家，以一種孤軍奮戰的姿態企圖炒熱氣氛。

意外的是，店長那輕浮的笑容也漸漸感染了其他店長，深刻傳達出董事長倚賴著店長的事實。雖然絕不是欽佩，我卻也忍不住對此感到驚訝。

或許也是因為董事長無精打采的緣故，店長會議的氣氛跟我想像中不同。應該說，我切身感受到一種公司全體企圖跨越難關的氛圍，甚至連不是店長的我都想打起精神，努力振作。

「會議本身沒什麼好說的。董事長不太有精神，其他店長又不像我們家的這麼怪。」

「嗯——說得也是。」

「啊，不過，有個感覺不太妙的人。」

「什麼？不太妙的人？」磯田透出壞心眼的笑意。只要不會危及到自己，磯田對他人的八卦和糗事完全沒有抵抗力。

磯田雙眼閃閃發亮，與她那個樣子相反，我輕輕嘆了一口氣。

「有個說是專務董事（註1）的人在。」
「咦？董事長有小孩嗎？在我們公司？」
「嗯，好像是一月左右進來的。」
「是喔，我都不知道。」
「好像是公司覺得現在讓員工認識他不是上策，所以只有極少數的人曉得這件事。他似乎很仔細地在巡邏各家店鋪。」
「噁！竟然是這種類型的。他感覺怎麼樣？」
「很六本木。」
「啊？」
「就是全場只有他一個人穿著看似很高級的深藍條紋西裝，瀏海抹油抹得硬邦邦的，戴著方框眼鏡。」
「這就是妳心目中的六本木？」
磯田爆笑出聲，我無法跟她一起笑。
「我不知道。我根本沒去過六本木，但感覺只能用這種方式來形容嘛。人家也說他真的在一間科技公司待過。」

註1　專務董事：管理公司全體事務的董事，算是董事長的輔佐職位。

「哦，感覺很能幹嘛。」

「外表上啦。」

專務董事的年紀應該跟店長差不多，約四十歲上下。雖然無法解釋清楚他哪一點讓我覺得「不太妙」，但我非常相信自己這一類的直覺。

硬要舉例的話，就是我很害怕專務董事的眼神。不同於董事長生龍活虎時期的猙獰，也不像店長那種目中無人的樣子，專務董事的眼神像蛇一樣漆黑晶亮。一回神，才發現他在看我。

為了刪除記憶裡那道陰森森的眼神，我啜了口雖然沒點餐卻已經送上來的黑豆可可，拿起桌上的書。

「妳又在看這本書了啊。」

「對啊，感覺每看一次都會有新發現。」

「這本書的確很有趣。不，我也——」就在我好不容易轉換心情，想聊聊《Stay Foolish Big Pine》時，頭頂突然傳來一聲：「啊，那本書……」

我嚇了一跳抬起頭，只見山本多佳惠不知為何站在那裡。我小心翼翼看向磯田，磯田也搖頭表示不明白。

就連山本也難得露出吃驚的神情。

「咦——妳們兩位為什麼會在這裡～？啊啊，可是好高興喔～能夠在店裡以外的地方遇到喜歡的人，我真的好高興。」

山本多佳惠發出令人摸不著頭緒的怪叫，眼神卻不太有笑意。

我呆呆地盯著大聲嚷嚷的山本多佳惠，心中第一次產生這樣的懷疑——這孩子，真的不是店長的私生子吧？

第二話

雖然工讀生少根筋

我常去的咖啡廳「伊莎貝爾」裡，瀰漫著難以形容的緊張氣氛。

「山本小姐怎麼會在這裡？」

聽見磯田禮貌性又帶著距離感的疑問，山本開心地露出笑容說：「什麼為什麼，磯田姊偶爾會說些很有趣的話呢～！咖啡廳這種地方誰都能來不是嗎～」

「話是這麼說沒錯。」

「啊啊，真是的，好好笑喔。不要逗我笑啦～」雖然不知道哪裡好笑，但山本真的自己一個人笑得發顫。

磯田沉下臉，咬緊嘴脣。我默默看著兩人，無奈地向山本問道：「山本，別站在那裡，要不要跟我們一起坐？」

磯田不高興地皺起臉龐，周圍的緊張感更加濃厚了。我自己以前也是這樣所以很明白。磯田顯然不擅長和山本相處，更進一步來說，是不擅長跟後輩這種存在相處。

我發現，擅長跟前輩撒嬌的人往往不擅長和後輩相處。反之，很多能自然而然疼愛後輩的人，則抓不到與前輩之間的距離感。

像店長那樣無論在前輩還是後輩面前都能做自己的人應該相當罕見吧。但店長那樣絕不算是優點，而是無論對上還是對下都不會察言觀色、令人困擾的缺點。

我很高興磯田願意親近我，但不能因為這樣就對後輩冷言冷語。過去，有兩名工讀生離職時曾表示「很害怕磯田姊」、「不知道怎麼應對磯田姊冷漠的態度」。的確，磯田散發不悅氣場時，連我都不敢隨意向她搭話，整間店都會瀰漫沉重的空氣。

山本聽到我的邀請後表情為之一亮。

「咦～可以一起坐嗎～？那我就不客氣了～」

山本沒有要感受前輩拒絕氣場的意思，在磯田身邊坐下，心臟真的很強壯。她進公司已經半年，我自己也是第一次像這樣坐下來認真跟她說話。雖然磯田那不高興的態度令人有點介意，但我盡可能不去看她，向山本問道：「山本，怎麼樣？工作已經習慣了嗎？」

山本有著嬌小的身材、白皙的肌膚，一頭黑色的齊瀏海鮑伯頭。意外的是，她的便服打扮是淺粉色高領搭配輕飄飄的百褶長裙，宛如男人理想型的化身。但更讓人出乎意料的，是她點了愛爾蘭咖啡這種粗獷的飲料。

「我早就已經習慣了～工作內容基本上很單純不是嗎～」

磯田的身體抖了一下。我懂。只有這種難以捉摸的年輕店員，會笑容滿面地赤腳穿越地雷區。

我故作鎮定，試圖修正她的方向。

「啊——不過，很多客人不太好搞定吧？」

「咦——這個嘛～可是妳看，因為我是個很有爺爺奶奶緣的小孩，所以能接觸那樣的客人單純覺得很開心喔～」

這個時候，「妳看」是多餘的。

「是嗎？那，那個呢？像是薪水太低之類的。」

「啊，這部分沒問題～我意外地有些錢～」

「咦，這樣啊？呃……是因為家裡財力雄厚嗎？」

「咦～我看起來家裡像那樣嗎～？怎麼可能啦，怎麼可能。」

「這樣啊。不是因為家裡財力雄厚卻不用擔心錢的事，很了不起呢。」

「啊哈哈哈。果然很讓人意想不到吧～不過，只靠書店打工的話是真的不可能生活啦～」

不，不對。現在這個狀況只是說明不夠充分而已。山本與從打工時期開始就天天上全班的磯田不同，一週只來店裡兩、三天，一定也有做其他兼職吧。

山本並非在嘲笑特定對象，磯田的理智一定也能明白這件事。然而，已經徹底進入無我境界的磯田只能接收到負面訊息。雖然我不會用「驅魔師」來形容，但磯田此刻全身抽搐的樣子宛如一隻剛被釣起來的魚。

磯田那副幾乎要口吐白沫的樣子實在讓人毛骨悚然，我也因此陷入混亂。結果我問了下一個問題，主動將後輩引向地雷區：「啊，那個！和其他同事間的相處有沒有困擾的地方？」

前一秒還在傻笑的山本臉上頓時失去血色，緩緩將目光移到磯田身上。

「這部分也沒問題。」

「真的嗎？」

「是的，前輩們都很親切。我可能沒有說過這件事，但能在武藏野書店工作我真的很幸福。」

山本感觸良深說完後，突兀地環顧起四周，說起了自己會來伊莎貝爾的理由。

「這間店對我而言就像聖地。大西賢也《雖然店長少根筋》裡出現的『伊莎娜』就是以這家店為原型吧？我好愛那本小說裡描寫的咖啡廳，所以在來武藏野書店上班前其實就來過這裡了。」

「這樣啊？」

「是的，除了我以外，這裡偶爾也會看到大西老師的書迷喔，大家會很熱情地翻開老師的書。」

聽山本這麼說後，我下意識覷向櫃檯前的老闆。正仔細擦拭杯子的老闆明明對我們的談話一臉不感興趣的樣子，卻仍是輕輕點了點頭。

山本咯咯笑了起來。

「不過，我還是第一次像這樣看到妳和磯田姊在一起的畫面，光是這樣就好幸福～」

山本又回到原本慢悠悠的語氣。我應和：「這樣啊。」

山本加深了笑容，點頭說：「沒錯，而且沒想到竟然還能獲得同座的邀請，感覺幸福得要遭天譴了～我真的很開心～」

磯田彷彿已經失去靈魂般地盯著桌子，視線盡頭是《Stay Foolish Big Pine》。

我不自覺拿起書。記得，書裡有這麼一段：

『若人人都擁有相同的觀點、思維和意識型態的話，這個世界就是惡托邦了。世上沒有一個人會和自己一樣。我以外的人都不是我。接納這個事實，並寬恕它。唯有寬恕他人，自己才能獲得寬恕。』

不用說，愛爾蘭咖啡是以威士忌為基底，但山本似乎不太清楚。

山本在不知情的情況下對愛爾蘭咖啡讚不絕口，接連喝了三杯，一邊高聲笑著：「及怪，感覺好舒服喔～怎麼回事？愛爾蘭咖啡好膩害喔～」

最後也沒打招呼就先回去了。

古典風格的大門鈴鐺一發出令人懷念的聲響，磯田便感慨萬千地低語：

「我不知道怎麼跟她相處。」

我明白磯田的心情，感同身受。然而，這樣是不對的。我不能將這句話說出口。對我而言，磯田過去才是更讓我不知該如何相處的後輩。我也曾經向小柳坦承過這件事。

小柳跟我一樣，一臉為難地說了「我明白妳的心情」，卻又語帶堅定，斥責了我一番。

「可是啊，谷原，我認為不能將這件事說出來。因為一旦說出口，我們就會立刻被那份心情綁架。不管怎麼說，書店都是個很小的地方。本來就已經夠狹小了，還要隨心所欲填入滿滿的書架。如果要在這樣的地方抗拒我們一週必須見好幾次面的同事，光是這樣就很難做事了吧？我不是說不可以覺得和誰難相處，我自己也有很多不擅長相處的人。可是，當這些話說出口的瞬間，那份心情也一定會傳染給其他店員。這種心情一旦傳播開來，店裡的氣氛一定會變糟，最後連客人都會感受到。畢竟，我們在無意中組成了一個團隊。所以，至少必須努力嚥下那樣的心情。」

老實說，當我還是菜鳥時並不認同這番論點。甚至覺得平常個性乾脆爽快的小柳說這些話很場面。

然而，從那之後又過了好幾年，我從約聘員工轉成了正職，在前輩與後輩數量恰好相同的現在，我懂了。我們這些全都不擅長團體行動卻也一定因此而被書本拯救的人，的的確確是「無意中」組成了一個團隊。

「我明白妳的心情。可是，我認為不能將這件事說出來。」

小柳這麼跟我說的時候應該也很緊張吧。她連忙說著「啊，有一個人例外。唯有店長，我可以接受妳說他的壞話」，接著放聲大笑，聲音裡似乎帶著些許顫抖。

我無論如何就是沒辦法說出跟小柳一樣的話。

「沒關係，一起加油吧。」

我拍拍磯田的肩膀，怨恨自己的膽小。我在腦海裡描繪了一幅理想圖——我將《Stay Foolish Big Pine》遞給磯田對她說：「這本書不是也有寫嗎？寬恕吧。因為，妳以外的人都不是妳。接納和寬恕吧。」沒辦法將這個畫面付諸行動的我，沒資格當別人的前輩。

我心裡第一次萌生必須為磯田做點什麼的心情，另一方面，也覺得該對山本想想辦法。不只磯田，我也曾聽其他店員說過「不知道怎麼跟山本相處」。向自己最喜歡的前輩大發牢騷、埋怨店長無法溝通時好輕鬆。不，一定是因為可以不負責任生氣的時候很開心吧。

腦海裡兜著這些想法，我轉向收銀臺。
「老闆，帳單還沒給喔。」
老闆急急忙忙又加戴了一層口罩，以細如蚊吟的聲音低聲道：「已經結清了。」
「咦？」
「剛才出去的女生也付了妳們的帳單。」
得趕快對山本想想辦法才行——我再次厭煩地想著。
歸根結柢，當初面試山本多佳惠並錄用她的人……正確來說是主張「她很好」的人是我。
半年前，當時還擔任本店店長的小柳突然要我一起出席面試，她說：「妳也去看看吧，可以不用說任何話。」
我從以前就對面試很感興趣，懷抱理想，像是「如果是我，絕對不會錄用這樣的人」、「要是我，就會任用這樣的人」等等。
小柳見我一副躍躍欲試的模樣，臉上浮現勉強的笑容說：「我勸妳不要有奇怪的期待，面試不是妳想像的那樣。」
據說，東京都的最低時薪升到一〇一三圓了，跟我進武藏野書店的時候相比，是多了兩百圓以上的高價。以前大學生打工都拿八百圓左右。

我不知道該怎麼看待一〇一三這個數字。雖然不會說「現在的小孩真好命！就連我當約聘員工時也只能拿九九八圓，好虧！」但這十年來書籍的銷售量應該沒有上升才對。

如今，甚至連「出版不景氣」這種話都不太會聽到了，整個業界已經緩緩籠罩在「書根本不可能會賣」的絕望中。在這樣的狀況下，一個員工的時薪調漲兩百圓是什麼意思呢？

一〇一三圓，一個讓我瞠目結舌的金額。董事長表示「我們是要迎接別人來當夥伴，不可能用最低時薪吧？」所以又再加了七圓。小柳分析，「這是面子問題，不想讓人覺得我們是用最低時薪吧？而且用最低時薪也不會有人來」。然而，即使用了一〇二〇圓招募，實際上也沒什麼人來。

一名缺額只有五人應徵，小柳卻笑著說：「這次算多了呢。」這讓當年對書店店員的工作懷抱夢想而登門求職的我大感衝擊。

即便開始見習面試，我仍是悶悶不樂。因為，第一位應徵的男大學生是穿著短褲戴著帽子前來。

他以那身打扮訴說遠大的夢想。

「我將來想當老闆，不是在日本，是在美國或中國創業。所以，嗯……雖然現在有點晚了，但我還是考慮要去拿個MBA——」

不誇張，我從中途開始便搞不清楚自己到底被迫聽了什麼東西。

小柳則是笑咪咪地連連說著「很厲害啊」、「哦，很有趣」等等，積極與對方交流。

「所以，你為什麼會想來這間店工作呢？」

當小柳終於拋出這個問題時已經是面試十分鐘後的事了。在此之前一直說得很愉快的男大學生，一副作夢都沒想過會遇上這種問題的樣子。

他眨了眨眼睛，過了一會兒露出自嘲般的微笑。

「啊啊，為什麼會想來啊。不好意思，那個……有個大前提是，我將來想做跟書店有關的事業。店長感覺是個通情達理的人，我可以說真心話嗎？」

「當然可以。」

「所謂的書，是非常舊時代的產物吧？在這個數位顛峰的時代，要大費周章在紙張上印刷，大費周章開卡車搬運，再大費周章以人力上架，對吧？客人也是大費周章走到店裡，又找不太到想找的書，帶著焦慮度過沒有意義的時間吧？我認為，趁學生時期先在這種憑人情感覺的工作環境學習，或許意外地有意義。」

在這短短一段話之中，到底出現了幾次「大費周章」呢？

「那麼，你認為書本應該要數位化嗎？」小柳瞥了一眼桌上的履歷繼續問道。

「是的，沒錯。」男大學生迅速回答後又調皮地吐了吐舌頭說：「不，對不起。店長，妳感覺真的很好溝通，所以我想說實話。我其實幾乎不看書。為了獲取必要的資訊而看書，這件事怎麼想都很沒效率不是嗎？我甚至不是很明白小說這種東西存在的意義。花大量時間閱讀，到底學到了什麼呢？啊，不過我沒有要批評喜歡看書的人的意思，畢竟每個人的興趣都不一樣。而且，我對賣書這件事很有自信，希望能獲得你們的採用！」

他應該是個優秀的孩子吧。能夠以自己的話語明確說出內心的想法，肯定也很懂得怎麼招大人疼愛。無論是什麼公司的面試，他一定都能通過。

儘管有這樣的想法，但看著臨去前甚至對我微微一笑的他，我仍是在內心豎起中指大喊：「混蛋！不要讓我再看到你第二次！」

「店長，妳不會想錄取他吧？不會吧？」

看著一臉若無其事準備下一場面試的小柳，我語帶懇求地問。小柳面不改色道：「怎麼可能？我都想警告他別再讓我看到了。什麼『我對賣書這件事很有自信』，少瞧不起人了。」

小柳的表情、語氣沒有一絲變化，我一時間跟不上。敬愛的前輩能百分之百同步理解自己心中的煩躁感實在太令人高興了。當我興奮地想抱住小柳時，她像是警告我似地重重嘆了一口氣道：「可是谷原，我想妳應該也明白，那傢伙只是表達方式錯了。」

「什麼意思？」

「意思是，他說的內容大部分是正確的。雖然很不爽，但我們做的，就是這種會讓人不斷提醒是『大費周章』的工作。」小柳發洩似地說道，將男大生的履歷遞給我。

「妳看看。」

小柳的手焦躁地點著「將來的夢想、目標」這一欄。不同於其他欄目，男大生只有在這一格裡填滿密密麻麻莫名小的字，描繪他想親手打造的夢想書店藍圖。

上面寫到，未來，消費者利用VR設備，待在家中便能前往自己喜歡的書店。書店架上是一應俱全的電子化書籍，消費者可以漫步在虛擬空間中，一一審視每本書。

利用VR手套，可以重現書的觸感，書籍當然也都能試閱。戴上VR面罩，甚至還能聞到墨水的香氣。整個空間最大的賣點是AI書店店員。他／她們（店員的長相、聲音與服裝也會完全符合消費者喜好）不僅知道消費者平時的閱讀習慣，甚至掌握消費者當天的心情、身體狀況、行程與飲食內容，絕對能找出消費者最需要的一本書。這專屬於每個人的書店店員，也可說就是你的私人祕書。

而購買的書籍除了可以下載到消費者的設備實際閱讀，也可以待在VR空間裡，以過去實體書本的方式閱讀。據說，在VR空間裡，從紙張的觸感、墨水香氣、翻書的聲音到身處場所，統統都能重現出來。

「什麼『在這種憑人情感覺的工作環境學習』啊。那傢伙真的讓人很火大。」

小柳的聲音拉回我的思緒。直到回過神，我才發現自己已沉浸在討人厭的大學生所描繪的藍圖裡。

「妳有什麼理論能贏過這個天馬行空的想像嗎？」

我的胸口發出小小的聲音。

「什麼？」

「我說，剛才那個大學生描述的美好未來社會裡，實體書店並不存在對吧？所以我問妳，妳能夠說出書店和書店店員繼續存在的意義嗎？」

突如其來的問題令我一時間答不上來。不，一時間……這個說法並不正確。直到最後，我都回答不出來。

「這是我們的功課呢。聰明的學生丟給我們的功課。」

「那個，妳真的不會錄用剛才那個男生嗎？」

我帶著跟先前不同的語意詢問。「我不是說不會了嗎？」小柳不悅地哼了一聲。

「為什麼？」

「反正他一定三天就會辭職了，說什麼『我已經明白大致的情況了』之類的。我無法跟否定我們工作，甚至是否定我們存在的人一起共事。妳應該也是吧？至少我是不想。」

小柳難得語氣強硬。

我戰戰兢兢地點頭，腦海裡反覆思考她說的「書店店員繼續存在的意義」。

之後來面試的人無論在年齡、性別還是類型上都各不相同，卻全是些差不多的人。

也就是說，這些人對書店店員這份工作都沒有太大的想法和夢想。最重要的是，他們並沒有那麼喜愛書籍。其中甚至有人理直氣壯地說「我從小就體弱多病，感覺這份工作好像不太辛苦所以才來應徵」，令我久違地再次產生「自己的工作到底是什麼？」的疑惑。

最後一位面試者山本多佳惠過來時，是在書店接近打烊，幾乎看不到客人身影的時段。

雖然之前的面試我幾乎沒開口，卻也已經筋疲力竭。老實說，我只祈禱這場面試能早點結束。

「累的話可以先回去囉。我也只是想讓妳看看面試的情況而已。」

小柳雖然一副習以為常的樣子，表情卻透出濃濃的疲倦。

「不，都已經到這一步了，我要參與到最後。」

就這樣，當山本頂著那一身絕不會失禮卻繽紛流行的打扮現身時，我覺得更加疲憊了。

跟其他應徵者相同，我們暫時談了些無關痛癢的話題。不過，就在小柳提出：「那麼，方便請妳說說為什麼會想來這間店工作嗎？」詢問山本的應徵動機時——

原本一直微微透著緊張感的山本，臉上的僵硬消失了。那一瞬間起，她的話一下子便吸引了我。

「我第一次來這間店，是大西賢也舉辦座談會的時候～我從以前就是大西老師的超級書迷，所以也非常喜歡《雖然店長少根筋》～但因為家裡很遠的關係，不太方便來店裡～雖然店長……啊，不好意思，是前任店長那時候不在很可惜，但我真的很感動～就像大西老師書中所描寫的，我能夠感受到這間店的生命力，也能清楚看見每一位店員的表情，也就是說大家都有自己的個性。我以前從來沒有用這種角度看過書店，所以覺得真的很厲害，有了想在這種地方工作的想法～」

我不自覺和小柳交換了一下眼神。雖然山本那拖長語尾的說話方式令人在意，以及不論以哪種標準來看都不像是個有力氣的人。此外，山本口中的武藏野書店的美好總有種脫離現實的感覺，讓人懷疑那不是我每天工作的地方，心情很奇妙，但這似乎是我今天第一次聽到積極的言論。

在這之後，山本也自顧自地敘述了自己為什麼想在武藏野書店，而且是吉祥寺本店工作的理由，也等於是在說自己有多麼熱愛大西賢也以及她所寫的《雖然店長少根筋》。

山本的年齡二十四歲，大學畢業兩年。據說，她畢業後幾乎都繭居在長野的老家，因此沒有工作經歷。

對於為什麼會繭居以及為何會來東京的疑問，山本雖然沒有給予明確的答案卻傳達出自己的熱情。至少，她此時的聲音具有讓人那樣誤解的力量。

「不好意思，也可以讓我問個問題嗎？」

因此，當小柳差不多準備結束面試時，我下定決心打岔道。山本訝異地挑起眉毛。她當然有察覺到我就是那本小說的主角——谷口香子的原型，所以才會訝異吧。那本書裡的「香子」不是會這樣積極提問的類型。

小柳也意外地噘起嘴巴，輕輕點了點頭。確認小柳同意後，我目不轉睛地盯著山本道：「那個，首先，很感謝妳來面試。我、我也非常喜歡《雖然店長少根筋》這部作品，但實際上的職場可能不像書裡那麼歡樂。每天一堆例行公事，很多很煩的問題。會因為上層的不理解而苦惱、低薪，還有許多討厭的事甚至會剝奪工作的價值感。」

對著希望將來能一起共事的人，我到底在說什麼？我受夠了在這種狀況下發揮怕生本領的自己。我也搞不懂這些話究竟是提問還是什麼，幾乎無法直視對方的眼睛，一邊擦拭額頭的汗水，話聲越來越小。

果然，山本一臉目瞪口呆。然而片刻後，她嘴裡吐出的話語卻與我的想像有點不同。

「不，那本書裡就是寫了這些事喔。薪水很低、工作價值幾乎被剝奪，還有很多令人不耐煩的事。也提到在這些條件下，書店店員是很美好的工作這件事。」

「可、可是，不是這樣的。那些內容果然還是大西老師描繪出來的世界，跟這間店的實際情況不同。」

說這些話時我察覺到了一件事。我一定是不想讓對方失望吧。對一開始就不對書店抱持希望的人感到生氣，遇見對書店有所期待的人卻又害怕讓他們失望。

山本一臉無法理解的樣子偏著頭問：「嗯……雖然我不太明白這個問題的意思～但我認為，大概就是因為那本書完整傳達了這些事，我才會喜歡它～因為這樣而想在這間店工作很奇怪嗎～？」

山本從頭到尾的表現都坦蕩蕩，我則是不知所措。儘管察覺到小柳正一臉無奈地看著我，我卻不敢看她的臉。

「那個，我可以再問一個問題嗎？」

「請手下留情，不要問太難的問題～」

「那個，呃……妳、妳是大西賢也的書迷對吧？」

「是的，我自認為看過非常多老師的作品～」

「即使如此，妳還是喜歡《雖然店長少根筋》嗎？」

「什麼──？」

「不，因為我聽說大西賢也的資深書迷中也有很多人莫名討厭這部作品。先不論『內容太膚淺』、『不適合這種文風』的評語，似乎也有人覺得老師偷工減料。我想知道，同樣身為大西賢也書迷的妳如何看待這些意見。」

事實上，磯田也說過「那本書不是我的菜。我希望大西賢也寫的，是像出道作那樣充滿熱情的作品」。

這類聲音在網路上比比皆是。雖然大西賢也本人、也就是石野惠奈子小姐一副沒放在心上的樣子說：「那種事我從一開始就預料到了。不管寫什麼都會有人批評。」但身為情報來源的我卻感到責任重大。

每當看到「無法跟主角有共鳴」、「主角只是個歇斯底里的女人」、「谷口香子太愛生氣了」等感想時，儘管理智告訴自己「那不是在說我」，卻還是落下淚水。

山本的表情看起來已經不是訝異，而是覺得問題很詭異的地步。

「不好意思～我不知道別人怎麼想～但我並沒有這種感覺～」

「是嗎？」

「反倒是谷原小姐，妳是這麼想的嗎～？」

已經搞不清楚誰才是接受面試的人了。座位上是焦慮不安的我、義正辭嚴的山本以及不耐煩的小柳。

「不、不，我……我認為這是相當重要的作品，也非常喜歡。」一聽到我的回答，山本臉上立刻漾開有些調皮的笑容。

「就是說嘛。如果大西老師寫這部作品時有透露一絲絲僥倖算計的話，我可能也會有相同的感覺。可是，我覺得這是她竭盡全力、拚命寫出來的一封情書。」

小柳似乎明白了什麼的樣子，輕輕「哦」了一聲。我有點抓不到山本的意思。

「什麼情書？給誰的情書？」

山本一派輕鬆地聳聳肩膀說：「當然是給谷原小姐妳的不是嗎～還有，不只是書店店員，也是給所有像谷原小姐一樣拚命工作的人吧～」

山本像是不讓我插嘴般，悠悠地接著說：「我這麼說可能跟剛才問題的答案一樣。大家現在就算是普通地過日子也都很辛苦不是嗎～？即便將理所當然的艱苦現狀一五一十寫出來，我也已經無法輕易接受了～哪怕是謊言也好，我希望從作品中感受到希望，希望至少在看書的時候可以被取悅～對我而言，《雖然店長少根筋》就是這樣的一本書。書裡，大家的吶喊既正確又搞笑，卻也同時瀰漫著一股悲壯，突顯出生活嚴峻的一面～」

那目中無人的說話方式與說話內容格格不入，一股寂靜瞬間降臨在我們之間。「哈哈哈，說得好～」打破這道寂靜的，是小柳拖著語尾，彷彿在模仿山本的一句話。

小柳接手談話後，再次展開面試該有的應答。一陣熱絡的交談後，小柳柔柔一笑道：「今天謝謝妳來參加面試。」

就在山本回答「不客氣」這應該不太正確的回應，準備起身時，我出聲道：「那個，不好意思，再讓我問最後一個問題好嗎？」

山本訝異地眨著眼睛，我不以為意繼續道：「真的很抱歉，不好意思。這個問題跟面試或是其他東西都沒有關係，但我想問，妳認為未來書店有存在的必要嗎？」

先前不停說我的問題「很難」、「聽不懂」的山本，唯有在面對這個顯然缺乏說明的提問時毫不猶疑地點頭。

「假如我將來有了喜歡的人～和那個人順利步入禮堂～不是也會生小孩嗎～？雖然我現在還沒有那樣的期望這樣講有點那個，但反正，就是假設會這樣子不是嗎～？」

我不明白眼前這個年輕的女孩在說什麼。我抱著來路不明的既視感應和：

「嗯、嗯。」尋求後續。

山本的臉上露出了今天面試過程中最燦爛的笑容。

「然後～如果我像那樣建立了自己的家庭，要思考未來該居住在哪裡時，我絕對會想要住在有書店的街道上～」

「咦？」

「即使那條街道有很多便利、美味、流行的店，但只要沒有書店我就不想住～相反的，哪怕那條街又小又不方便，只要有書店我就會選它～雖然我覺得不去學校也完全沒問題～但將來我那或許會很可愛的小孩放學後，身邊有間能理所當然每天都去的書店，這樣的環境不是很棒嗎～就像是有個避難所，又或是擁有好幾個世界一樣～如果，小孩能在那裡認識比父母和學校老師都更喜歡又可靠的書店店員就好了～雖然不知道這有沒有回答到妳的問題，但我是這麼想的～」

啊啊，怎麼回事……這種天外飛來一筆的感覺是什麼呢……我一邊想著，一邊幾乎無意識地拿過小柳手邊的履歷。

山本最後仍若無其事地說：「如果那條街上有電影院、美術館或圖書館的話就更好了。但書店是必須的。這點我絕不讓步～」

目送山本如暴風般離去的背影後，我凝視著桌上那份履歷。那字跡意外（雖然不確定這樣形容合不合適）難看潦草卻仔細填寫的履歷。

小柳問。

「怎麼了，谷原？」

「她很好，我想和她一起工作。」

我回答，也直到此時才對履歷上「山本」這個姓氏出現了一絲不安。

店長從宮崎回來剛好一個月，明媚的春光灑落在開店前的武藏野書店吉祥寺本店時，店內爆出店長尖銳的聲音：「咦——！您說的是真的嗎！就連在下的慧眼也沒有察覺到那件事耶！」

雖然「慧眼」這個說詞令人無法釋懷，但那禮貌過頭的措詞更令人介意。

店長與工讀生山本多佳惠說話時，是面對客人、出版社業務或是來店裡的作家時的謙卑態度。

山本也不遑多讓。

「等一下啦，店長！就跟你說小聲點了，噓！噓！萬一被誰聽到了怎麼辦！噓！噓！」山本發出跟棒球隊一樣洪亮的聲音，食指立在脣邊，東張西望。

店裡沒有一個人看向他們，大家都將這一切當成早晨例行公事，無視到底，俐落地處理手中的工作。一開始，還有人會開玩笑說：「出現了，山本二人組。」如今連這些揶揄都消失了。

我停下拆箱的動作，下意識看向櫃檯前的兩人。受到山本影響，店長也開始窺探四周的狀況。兩人明明都已經和我的眼神對個正著，難道還以為沒人注意到他們嗎？只見店長和山本仍舊激動地比著「噓！」「噓！」

店長和山本似乎很談得來，工作時也經常聽到兩人的笑聲。從店長的角度來看，有這麼一個願意聽自己說話的年輕女生沒理由不疼愛。山本則是看了

《雖然店長少根筋》而來參加面試的孩子，對店長當然也很感興趣吧。

店裡也只有山本會積極參與朝會。

「昨晚，我看了一本書，受到了巨大的衝擊。我已經好幾年沒有像這樣投入在閱讀中了——」

自從回到吉祥寺本店後，店長開始變本加厲疾呼朝會的重要性。最後，朝會的開會時間比從前提早了五分鐘，從上午九點三十五分開始。儘管店長那麼強調開店前這段時間的重要性，講話卻依舊又臭又長。

談論「近來閱讀、已經好幾年沒受過如此衝擊的書」也是朝會的慣例。整間店裡只有山本對店長看的書有興趣。她從土里土氣的苔蘚綠圍裙口袋裡抽出螢光粉筆記本，專注地筆記。

那賣弄般的舉動令店長十分滿意。最近，眾人的怨氣已經不只針對店長，甚至延伸到了山本身上，這件事令我耿耿於懷。

換做是平常，店長看什麼書我根本沒興趣。然而基於某種理由，我對「本週書籍」起了好奇心。站在我左前方的磯田一定也有同樣的感覺，露出緊張的表情回頭看向我。

兩天前，店裡有本商業書入庫，書封標著《我要告訴部屬！》這種一板一眼的書名。

和我同上早班正在上架的磯田突然發出一聲怪叫，手裡拿著《我要告訴部屬！》將封面轉向我，要我看。

我的視線第一個捕捉到的，既非書名也非作者，而是書腰上的文字——

『傳說中的「員工77」後歷經十年！』

『沉默至今的作者為當代社會獻上的鎮魂曲』

『最後一頁將徹底顛覆你的世界』

我將「不不不，商業書鎮魂的話不OK吧？」、「下標跟推理小說一樣聳動耶」之類的疑問擺在一旁，注意力轉到了某件事上。

「咦？原來那本叫『員工77』呀。」

這個發現便是全部。這麼說來，我的大腦一早就很清晰。若是「哈波」或是「喊愛」的話還不一定，但我卻從聽都沒聽過的謎樣簡稱中聯想到了一本書的書名。

《為沒有幹勁的員工種下服務精神 優秀領導人的77個法則！》。

那是店長曾經在朝會中得意洋洋介紹的自我啟發書。喔——原來如此，原來大家叫那本書「員工77」啊……就在我再次得到這個結論的瞬間，一股戰慄竄過全身上下的細胞。

我急忙將視線移到作者的名字，只見幾個幾乎與書名一樣大的字體寫著

「竹丸 tomoya」。

那幾個文字扭曲起來，「竹丸 tomoya」瞬間變成羅馬拼音「TAKEMARU TOMOYA」，「MA」啊「YA」啊幾個字再相互交換，一回神，「TAKEMARU TOMOYA」已變成「YAMAMOTO TAKERU」，再搖身一變成了「山本猛（註2）」

三年前，當我發現這個類似變位字謎的東西時只跟磯田提起過。雖然磯田嘴上說著「咦！怎麼可能——不可能會有這種事啦」，語氣裡卻沒有不當一回事的感覺。當時，「石野恵奈子」就是「大西賢也」這個衝擊性的事實讓我們成天疑神疑鬼。

這本書是那個竹丸 tomoya 睽違十年的新作，書腰上的簡稱「我告訴部屬！」讓人覺得如果只是省略「要」的話不如就別用簡稱了。而不知為何，武藏野吉祥寺本店進了高達五本的《我要告訴部屬！》並在當天全數售罄。其中兩本是我和磯田買的，雖然因為害怕，我們至今都還沒翻開就是了。

店長雙手交叉身後，遲遲不公布書名，連綿不絕地說道：「我在朝會上介紹的書籍並非強制大家購買，只是想讓各位了解我個人覺得不錯的東西，也就

註2 YAMAMOTO TAKERU 為山本猛的日文羅馬拼音。

是希望大家能了解我這個人的意思。不過，這本書有點不一樣，敝人有這麼個所思所想，可以的話，這本書能否成為齊聚在武藏野書店吉祥寺本店、齊聚在此處的優秀員工們必看的一本書呢？」

先不論那詭異的用詞，我在心裡質問店長：「喂！你是想撈一筆嗎？」你該不會是想利用齊聚在此處的夥伴們賺錢吧？

「雖說這本書絕不算便宜，但保證值得。因此，請各位一定要買。」

這不叫強制的話什麼叫強制？

「看這本書時，請大家試著想像齊聚在這裡的同事，邊看邊想像自己以外的某個人。這麼一來，翻到最後一頁時，自然就會顛覆各位眼中的世界吧。」

啊啊，這些自賣自誇的東西不重要！快告訴我你的真實身分！

「各位，拜託了。請大家無論如何信我這一次，購買這本書。」

店長最後語重心長反覆說道，一個勁地引人焦慮。終於，店長將藏在背後的書高舉在頭上。

那一瞬間，我眼裡的世界徹底翻覆。

「咦……」發出聲音的人有三個。我、磯田，不知為何還有山本多佳惠。

《Stay Foolish Big Pine》。

磯田雙眼圓睜，再次回頭看向我，奮力搖頭……似乎是在說「不是我告訴他的」。

當然，我也不可能跟店長聊過這本書，一樣瞪大眼睛搖了搖頭。

如果是這樣的話，那到底是怎麼一回事呢？店長想說他是偶然拿起那本書的嗎？他平常根本不看小說。這個人，到底是怎樣啦……我的腦海裡轉著這些問題，呆呆望向山本多佳惠。

不知為何，山本瞪向店長，眼睛張得比我和磯田都還大。她不像平常那樣振筆疾書，而是一動也不動，唯有拿著筆記本的左手不停顫抖。

山本顯然是在對店長生氣。這是我第一次看到她臉上出現情緒化的表情。我想不出她會這樣的原因，這孩子也是，到底是怎麼了……我忍不住嘆息。

石野惠奈子小姐的笑聲響徹在老家「美晴」裡。

「什麼啊，超激烈的！原來有店長其實是竹丸 tomoya 這個假設嗎？雖然我不認識那位叫竹丸什麼的人。」

似乎是味道太不受歡迎了，拱佐洛拉起司燉飯沒有成為美晴的菜單上實在謝天謝地。

即使如此也不氣餒的老爹，又投身開發新菜色「海鮮燉飯」並大獲成功。身為熱愛「舊美晴」的顧客雖然不甘心，但這道菜真的很優秀。

「所以，結果怎麼樣？店長是那個竹丸什麼的嗎？《我要告訴部屬！》是寫給妳的書？裡面是要栽培妳的知識？」

石野小姐對店長的興趣非比尋常，好奇的程度甚至讓她寫下了一本小說。儘管石野小姐拋出一個又一個的問題，我卻冷靜閃避。

「不，我不會再說更多了。」

「咦咦？為什麼呀～」

「呀什麼呀？因為妳會把我說的話寫成書，所以我不說了。」

「哎呦，我不是說過我不會寫續集了嗎？」

「此一時，彼一時。」

「什麼意思？」

「因為妳那時候是說『店長都去宮崎了，我不會再寫續集了』。話說回來，妳不是還覺得如果可以的話，要追隨店長搬到宮崎去嗎？」

「我有這樣說嗎？」

「少裝蒜了。」

「都跟妳說別擔心了。那種男人已經是過去式了，我一點也不留戀。我對店長沒什麼特別的興趣，妳就告訴我吧，我好奇死了。」

「什麼啊，講得像是前男友一樣，而且妳的話前後矛盾得亂七八糟。」

我冷淡回應卻還是忍俊不住，因為石野小姐的表情實在太逼人了。

「真的不會寫出來？」

「嗯，不會。也不做筆記。」

「如果妳寫了『店長少根筋2』的話，我就跟妳絕交喔？」雖然再三叮囑，我自己卻也是迫不及待。

因為我本來就是打算跟石野小姐分享，才會久違地答應她在美晴的邀約。

就在突然落入莫名其妙狀況的那天早上，朝會一結束，磯田立刻走向我說：「等一下，谷原……」我點頭表示「我知道」，逼近身邊已沒有其他人的店長。

自從宣布「我要栽培妳」後，店長一直對我採取嚴厲的態度。那種彷彿自己是將孩子推落懸崖的獅子般孤高的模樣，令我打從心底看不過去，所以我也不曾主動接近他。

如今，這件事已被我拋到九霄雲外，也徹底忘記自己原本將店長是不是竹丸 tomoya 這件事視為敏感問題。若這樣下去沒個了斷的話，那我就打開天窗說亮話。

「店長，我就開門見山說了，請問你是竹丸 tomoya 嗎？」

「也就是說，這是什麼意思？」店長的眉頭連動也沒動一下，無法從表情得知他內心的想法。我不覺得他在裝糊塗。

「沒、沒有什麼也就是說。我問，店長你是不是竹丸 tomoya！」

「不是，我是山本猛。」

「沒錯～店長是山本猛喔～」山本多佳惠不知為何突然插嘴攪和進來。

「我不是這個意思──」我沒有多加理會，繼續追問。店長一臉我很詭異的樣子盯著我，微微側著腦袋問：

「沒事吧，谷原京子？妳臉色發白耶。」

面對簡直無法溝通的店長，我焦躁地拿出便條紙，硬是派了個工作打發走山本多佳惠後，將那個類似變位字謎的東西寫給店長看。

當竹丸 tomoya 頓時變成山本猛的瞬間，換店長瞪大他那圓滾滾的雙眼。

「這、這這、這是怎麼回事？這一切到底發生了什麼事？」

我盡可能冷靜觀察，但就是不覺得店長在裝糊塗。證據就是（雖然這麼說可能會有語病）……店長問我：「話說回來，這個叫竹丸 tomoya 的人到底是何方神聖啊？呃，是職業摔角選手還是什麼的嗎？」我試圖以「員工77」再次試探，店長似乎還是沒有概念的樣子。

雖然把曾經發自內心熱愛的自我啟發書忘得一乾二淨，也很令人不以為然，但店長本來就是這樣的人。

「不說這個了。谷原京子，妳最近——」重新振作的店長再度跟平常一樣開始抱怨。我決定無視他，也就是獨自思索這一切到底發生了什麼事。

我一下面向右邊扮演店長，一下面向左邊扮演自己，偶爾看向正面飾演山本多佳惠。

石野小姐看著我渾身上下的演技，拍手叫好。

「哇，京子，妳好厲害，好會模仿喔。」

「那是因為對象是店長，那個人很簡單。」

「不不不，這不是隨隨便便就能做到的事。像是那個山本多佳惠？那個我從來沒見過的女生剛才也活靈活現地站到了我面前。妳要是當演員就好了。」

「怎麼可能。」

「不然，就是當小說家。」

石野小姐啜著酒一臉享受，理所當然地說。我似懂非懂。

「什麼意思？」

「什麼什麼意思？」

「我懂因為擅長模仿所以適合當演員，但這跟小說家有關係嗎？」

「關係大了。」

「怎麼說？」

「因為我們的工作也是觀察身邊的人，捕捉他們的特徵啊。我從以前就覺得，一流的小說家應該也都很擅長模仿。」

「大西賢也也是嗎？」我久違地用筆名稱呼石野小姐。石野小姐調皮地吐了吐舌頭。

「不是，所以我才說『一流』啊。我是二流，所以模仿不來。不說這個了，重點是結果到底怎麼樣？店長是竹丸 tomoya 的那個假設。」

「老實說我真的不知道，我越來越糊塗了。」

「為什麼？」

「妳要看嗎？」我喃喃問道，從圓鼓鼓的後背包裡拿出三本書。《我要告訴部屬！》與《Stay Foolish Big Pine》是剛才話題中提到的書籍。

還有一本則是我平常絕對不會拿的財經類雜誌——

《領導者大財富》。

「這是什麼？」石野小姐率先拿起了「領導者」，快速翻閱起來，接著停在了某一頁。

我點頭道：「很可怕的雜誌吧？股票、投信、期貨……寫的全是那些領導者資產的東西，俗氣到了極點。我是為了一定要看那頁才買的。都是為了那篇，我才會淪落到明明口袋空空，吃的是竹輪夾心麵包，卻還要看某個董事長炫耀自己的保時捷。」

石野小姐特地戴上了老花眼鏡，開始仔細閱讀，我也跟著她一起。雜誌上刊登的是張幾乎要超出版面的謎樣照片，一位從沒見過的白髮大叔雙手遮眼，活像是早期的黃色書刊。

明明沒露臉，照片旁卻下了聳動的標題「本刊首度公開亮相！」紅色的副標搞得跟演歌歌手一樣寫著：「傳說中的領導者——竹丸 tomoya 獻給全天下部屬的愛之禮讚！」

「等一下……這種早期黃色書刊風的照片是怎麼回事？」

「對吧？」

「咦！這個人就是竹丸 tomoya 嗎？」

「好像是。這本雜誌是昨天磯田發現的。」

「那麼，這個人就是店長？」

「我不知道。雖然外表完全不像但年紀看起來差不多，而且那頭白髮感覺好假。最重要的是，妳不覺得擺那種愚蠢的姿勢很像是店長會做的事了嗎？」

「這麼一說，確實有這種感覺。」

「如果是這樣的話，這個人果然就是店長吧？」

「嗯……話說回來，竹丸tomoya有可能就是山本猛嗎？」

「我不知道啊。應該說，因為石野惠奈子就是大西賢也的關係，害我們已經無法相信任何事了。我發現這世上的變位字謎好像比我想像的還多，我前陣子還忍不住拆解起自己的名字呢。」

「真的假的？拆解『谷原京子』嗎？有什麼結果嗎？」

「怎麼可能有什麼結果啦！」

石野小姐以苦笑敷衍我的抗議，意興闌珊地快速翻閱《我要告訴部屬！》。就在她拿起第三本書《Stay Foolish Big Pine》的瞬間，那雙手不知為何停了下來。不僅如此，石野小姐像是忘記怎麼眨眼甚至呼吸似的，聚精會神盯著《Stay Foolish Big Pine》的封面。

什麼東西讓她這麼驚訝呢？我一時間不敢開口，戰戰兢兢順著石野小姐的視線望去。

以螢光粉為底色的書封畫了顆巨大的鳳梨，其餘則是使用黑體字的書名《Stay Foolish Big Pine》、標上羅馬拼音的作者名「馬克江本（Maaak Yemoto）」以及出版社的名字「五反田出版」，漆黑的書腰上寫著——

「有哪裡不對嗎？」我故作泰然問道。

石野小姐終於眨了眨眼，用笑容掩飾剛才的失態說：「嗯？啊啊，抱歉，只是忍不住想看看這本書罷了，好像滿有趣的。」

從那日起，有著十年書店店員經驗的我帶著「接下來一定會發生什麼事」的不好預感，安靜過著每一天。

在我和石野小姐碰面滿一週後，一個下著大雨的星期四，那個「什麼事」從我意想不到的地方上門了。

那是我久違排了全天班的日子，打烊時分，一位沒見過的中年女子盯著磯田精心製作的《Stay Foolish Big Pine》手繪文宣，一臉開心。

「請問您在找什麼書嗎？」

平常的我絕不會主動向客人攀談，但當時店裡沒有其他客人，又只有我和磯田兩人，悠閒的自在感和女子身上散發出的溫柔氣質令我多話起來。

女子肩膀輕顫了一下，彷彿做錯事般地蹙起眉頭，隨即又露出放棄掙扎的笑容。

「不是的。那個，我只是一直很想來這間店看看。」

「這樣啊，感謝您的厚愛。」

「請問，您該不會就是谷原京子小姐吧？」女子突兀地問道。店員胸前的名牌雖然能辨認姓氏卻沒有標示全名。

「啊，是的，我是……」磯田察覺到我失常的聲音，也來到了我和女子的身邊。

「而妳就是磯田真紀子小姐。」女子看向磯田後也這麼說，狹長的眼睛又瞇得更細了。

我和磯田下意識互望一眼，女子趕忙道：「啊，不好意思。我經常在電話裡聽起兩位的事。我女兒在這裡受大家關照了。」

「您的女兒？」我回問。女子以懇求的目光望著我的雙眼，微微點頭。

「是的，承蒙各位關照，我是山本多佳惠的母親。那個，因為她本人再三叮囑我絕對不能過來，所以我今天來這裡的事能不能請兩位幫忙保密呢？」

「這……好，沒問題。」

「太好了。那麼，請問……店長今天在嗎？」山本媽媽東張西望，環顧店裡一圈。

我以一種意外的心情看著山本媽媽的模樣。雖然戴著口罩只能看到眉眼，但她的氣質絲毫令人感覺不出來是山本的母親。該怎麼說呢，感覺相當樸實穩重，很不可思議。

磯田替心神恍惚的我回答：「不好意思，店長今天休假。雖然他平常就算休假也一定會來店裡，但今天剛好不在……」

「啊，這樣啊，太可惜了。那麼，這是些小東西，請大家一起嘗嘗。」

山本媽媽將腳邊的紙袋交給磯田。據說，裡面是媽媽很喜歡的蘋果派，另外還有七味粉給不太吃甜食的人，全都是他們長野的當地特產。

「謝謝您。」

磯田鞠躬道謝，臉上也露出訝異。以我們認識的山本多佳惠的母親而言，山本媽媽處事實在太周到了。

山本媽媽有些抱歉地縮著肩膀說：「請問，現在可以跟兩位稍微聊聊嗎？還是要等打烊比較方便呢？」

「啊啊，沒問題，現在也沒有其他客人。」

談話再次由我負責應對。山本媽媽問起了山本的事：「請問，我們家的孩子有辦法好好工作嗎？有沒有給大家添麻煩呢？」

「山本當然有好好工作，她非常認真努力。」我回答，沒有特別揭穿山本的問題。就連曾經說不知道怎麼跟山本相處的磯田，也點頭同意我的說辭。不知為何，山本媽媽帶著疑惑的目光來回看了看我和磯田。

「真的嗎？如果是真的，我這個母親會很高興。不過，希望兩位能跟我說實話。」

「您這麼說是什麼意思呢？」

「就是字面上的意思。因為我不是很清楚那孩子是用什麼面貌進行社會生活，無法想像她工作的樣子。」

「不好意思，我有點不太明白您的意思。」

山本媽媽臉上浮現糾結的表情。

「那個，很抱歉，我想她本人一定也很討厭我這樣，但因為兩位都是那孩子打從心底信任的人，我才想先說明一下。我不會要求兩位保密，如果谷原小姐覺得有需要的話，請告訴那孩子跟我見過面的事。」

「好的。」

「那孩子，有很長一段時間過著類似繭居的生活。」

「這點我有聽說，她說自己大學畢業後在老家繭居了三年左右。」

「不，不是這樣的。應該說，她繭居的時間不只那三年。雖然她每隔一小段時間也會試圖走到外面，但大致來說，從小五到高三都是這個樣子。她是個非常敏感纖細的孩子，能夠馬上感知他人的情緒、內心脆弱，總是很容易就受傷。大學念的也是函授課程，基本上一直關在自己房裡，幾乎不太跟我們說話。」

這果然跟我認識的山本多佳惠差了十萬八千里。雖然察覺到磯田在看我，但我不打算回頭。

山本媽媽帶著懺悔的口氣繼續道：「她小時候也經歷過類似霸凌的事，一定覺得人生很苦吧。儘管如此，她還是有個唯一能逃避的地方。」

「是書店嗎？」我想起山本面試時說的話。山本媽媽輕輕點頭。

「感覺只有書是那孩子的避難所。她並不是因為這樣才足不出戶，雖然我先生和其他人把話說得難聽，說根本是書讓她變得不正常，但我想耐心等她。結果，那孩子二十二歲的時候突然說想去東京。」

「那是指……來我們店裡嗎？」

「沒錯，她說她最喜歡的小說家有場座談會，她抽中了參加資格。」山本媽媽帶著淺淺的笑意，不等我回應繼續道：「當然，這句話本身就很值得高興，我先生光是聽到她這麼說就哭了。但不僅如此，我也很訝異那孩子身上的氣質有了劇烈的改變。」

「氣質？」

「沒錯，過去總是一臉不安低著頭、帶著厭世眼神的孩子，該怎麼形容呢？變得有種目中無人的感覺。跟變開朗又有點不同，簡單來說，就是滿不在乎的樣子。當然，我認為那不是性情大變，而是那孩子自我保護的一種方式，用滿不在乎的態度避開他人的惡意或負面情緒。無論如何，她願意主動改變什麼這點真的讓我很高興。這個方式也很適合她吧。雖然函授大學畢業後她基本上還是關在房間裡，但那段時間她非常樂觀積極，對於演出目中無人的樣子也越來越得心應手。我好奇她到底是在模仿誰，據本人的說法是『超級英雄』。」

山本一定沒有告訴媽媽大西賢也的小說和小說主角「店長」的事吧。我不由得為店長今天休假感到慶幸，鬆了一口氣。

山本媽媽說著微微一笑，感慨道：「那孩子好像因為那天的座談會非常喜歡這間店，當她說要去面試時，我高興得都要跳起來了。同樣的，當她確定錄取後，我也不敢置信地哭了。我當然很擔心她在東京的生活，但也認為這是我學習放開孩子的機會。那孩子很幸運，遇到妳們這麼好的前輩。」

那天直到最後都沒有客人再進門，山本媽媽低頭深深鞠躬時，店內響起宣告打烊的音樂，那首我長久以來一直深信不疑是〈驪歌〉的〈離別華爾滋〉。

「谷原小姐、磯田小姐，真的很感謝妳們，今後也請兩位多多關照多佳惠了。」

山本媽媽語重心長地低聲說完後也沒等我們回覆，從磯田悉心的陳列中買了本馬克江本的《Stay Foolish Big Pine》便回去了。

我和磯田只能呆呆站在原地。直到隔天早上，磯田才說「我想好好向那孩子道歉」，我說「我也是」。磯田說「那孩子要是當演員就好了」，「或者是小說家。」我答道。

我們決定暫時將山本媽媽來訪的事保密卻又不知該如何道歉。說到底，我也不覺得山本希望我們道歉。但如果相信了山本媽媽對多佳惠「非常敏感纖細」、「能夠馬上感知他人情緒」的評論的話，就一定得好好跟她談談。

「那個孩子比其他人更容易受傷吧，我之前完全沒有察覺出來。都已經三十二歲了，真是一點成長也沒有，直到現在還是以貌取人。」

當我這樣反省時，眼前忽然閃過那號山本以「超級英雄」來形容的人物。

大概是這件事的關係吧，儘管過去從不感興趣，我卻不禁開始想像店長的童年。

店長以前是怎樣的小孩呢？很會唸書嗎？那運動呢？他的父母是怎樣的人？有兄弟姊妹嗎？如果有的話，果然會是像店長那樣的人嗎？他的朋友是什麼樣的人？住在怎樣的街道、怎樣的房子裡，過著怎樣的生活呢？

我閉上眼，試著努力想像。有趣的是，腦海裡浮現不了任何畫面。店長從以前就跟現在差不多：有一顆強壯的心臟，樂觀積極，拙於察言觀色，是讓人煩躁的天才。雖然這麼想應該比較自然，我卻還是對山本媽媽的話耿耿於懷。

表現得像另外一個人，是那孩子自我保護的一種方式——

這種事情有可能辦到嗎？我內心一方面懷疑一方面卻也覺得，為了保護自己，我們所有人或多或少也都在扮演某個角色不是嗎？

我自己也是。在讀大西賢也寫的《雖然店長少根筋》時，徹底將主角「谷口香子」和自己重疊，心想「啊啊，太精采了，這根本就是我自己」，像個第三者般地感動。

然而，店裡的工讀生妹妹卻不可思議地表示：「谷原姊感覺跟谷口香子不一樣吧？如果妳是那種樣子的話，我可能會覺得不好相處。」就連應該很了解我的小柳也說：「我好驚訝。最最驚訝的是，妳竟然覺得跟那個主角很合？」

也就是說，我所認知的谷原京子與旁人眼中的谷原京子略有不同。或許，旁人眼中的我只是希望讓他人看到的自己，因為那個樣子還算成功，所以才勉強在一個極限的範圍內跟周圍妥協。

如同石野小姐看透的一樣，我其實是個壞心眼的人，個性陰沉，總是忿忿不平。但這並不意味著我有顆堅強的心，而是個連大聲宣洩憤怒也不敢的窩囊廢。正是因為認知到這樣的自己，所以就算知道店長真的是在扮演「店長」這個角色的話，雖然應該還是會受到衝擊，但或許也能接受吧。

話雖如此，但目前有許多員工不滿山本多佳惠的態度。模仿他人不是壞事，但我不認為以店長為範本是正確的選擇。我和磯田決定，先不論道歉與否，總之，先將山本帶到伊莎貝爾，三人好好聊一聊。

然而，偏偏在這種時候，我們的班表怎麼都對不上。就這樣，遲遲找不到機會三人談談的日子過了三天，我帶著焦慮的心情迎來了那日的傍晚。我們還沒來得及談話，就先出事了。

武藏野書店吉祥寺本店爆出一道震耳欲聾的男人怒吼，就連客人也開始騷動起來。

「開什麼玩笑！妳一直用這種態度是想怎樣！」

我急忙轉過身，視線前方是山本多佳惠的身影。她大概又犯了什麼錯觸怒客人了吧。就在我急著衝上前時，店長不知為何伸手制止了我。

「谷原京子，現在先──」

店長低聲說話的態度異常令人惱火。年輕的店員正在挨罵，什麼現在先現在後的。我用力撥開店長的手。「那個，不好意思──」就在我呼喊對方時，發現了一件事。

我好像在哪裡看過那名對著山本多佳惠破口大罵的男人。看似高級不已的深藍色條紋西裝，搭配領口高度微妙的襯衫、胭脂紅領帶，瀏海像是抵抗地心引力般地高高立起，黑色方框眼鏡。

「啊，六本木。」我下意識低吟。

「啊啊？」果不其然，語帶嚇人轉過來的，就是武藏野書店柏木雄三董事長的兒子，柏木雄太郎專務董事。

「有什麼事嗎？」

「啊，沒有……沒什麼。」

「那就退到一邊，我現在是以主管的身分在教她。」

我察覺到山本求救的眼神。可是，若是主管在教學的話就沒辦法了，我垂著腦袋退了下來。

店長按著我的肩膀，一副「我懂」的樣子。我對即便在這種狀況下還能讓人萌生厭惡感的店長感到佩服。

看來，專務董事似乎是看不慣山本應對客人的態度。「怎麼能在一旁眼睜睜看著客人買東西呢？」、「為什麼不主動出聲？」、「書店要一直採取這種被動的態度到什麼時候？」、「難道不想像服飾業一樣，從店員的角度提供建議嗎？」、「就是因為一直用這種囂張的態度做生意，出版界才會變得這麼不景氣不是嗎？」、「妳難道對這些事都沒有危機意識嗎？」

畢竟是那個威權董事長的小孩，在大庭廣眾下喝斥員工也不是什麼難事吧。憤怒的方向也歪得離譜。

先說明，我很怕服裝店的人跟自己攀談。只要閃閃發亮、令人不敢直視的店員向我提出「哇～好可愛！」、「好適合妳喔～」、「這一季，用這件T恤搭配那件外套的話……」等建議的日子，我一定會連聲道歉，嘴裡說著沒有意義的「對不起」、「不好意思」，拔腿逃離店裡。

當然，我不會說大家都跟我一樣。但書店裡有不少客人甚至連書腰或手繪的作品介紹文宣都不喜歡。實際拿起書本，尋覓符合自己喜好的書籍，眷戀這個過程的客人比比皆是。要是山本試圖根據客人的外型推薦「適合對方的書籍」，我才會嚴加提醒她注意。

最重要的是，面對我們這些每天灰頭土臉工作的人，專務董事還敢說什麼「囂張的態度做生意」。退一萬步來說，就算他說的話有道理，我不懂為什麼要特地挑最年輕的店員講這些。去跟店長說啊，不然至少來跟我說！

喉嚨深處久違地發出憤怒的低鳴。令我再也無法壓抑怒火的，是專務董事最後的這一句話：「以後，書店不需要只會站得直挺挺的店員，給客人添麻煩。」

一回神，我發現自己差點露出笑容。

「喂！公司的老二很神氣嘛——」

我的聲音有些嘶啞。然而，店裡卻鴉雀無聲。在一聲無奈的嘆息後，店長正欲向前一步。這次，換我按住他的肩膀。我在內心大喊「現在輪我出場，不用你多管閒事！」一邊向專務董事邁開步伐。

此刻，我腦海中出現的，是店長曾經丟給我的批評。

「妳的憤怒總是在妳自己的心裡結束。人生，有不得不奮戰的時刻，不得不大吼的時刻。」

煩死了，我心中纏繞不休的，一直都是對自己的焦慮和不耐。我到底在畏懼什麼？為什麼這麼害怕被他人討厭？正是因為這樣，我的憤怒與焦慮才總是在自己的心裡結束。

此刻，我不想放過一絲一毫內心情緒，我強忍著不要露出微笑。啊啊，很好，上吧——

我無畏地抬眼望著專務董事。

「你從剛才開始就一直在對我重要的後輩說什麼啊？給客人添麻煩？營業時間教訓員工才更讓客人困擾吧？危機意識？那種東西當然有啊。我們沒有一個人對現況感到滿意喔。時時刻刻都在『好看的書沒辦法告訴客人好看，應該要傳達給客人的書籍，沒有好好傳達到客人身邊』的困境中。只要稍一鬆懈，就會聽見惡魔對自己說：『乾脆別做什麼行銷了，把書排一排就好。』即使如此，我們所有人卻還是想盡可能找到好書，讓客人開心，才會薪水微薄成這樣也依然咬牙苦撐不是嗎？你覺得誰會滿意這種現狀？話說回來，既然這樣，那就請上面的人給我們建議啊。不是那種由上而下、脫離現實的命令，而是負起責任地教我們！」

我明白，眼下最讓客人覺得困擾的人既不是山本也不是專務董事，而是我自己。

但我停不下來，同時也拚命壓下那總是與憤怒一起浮現的自嘲笑容。

我一直很看不慣只會看董事長臉色的男職員。最糟不過就是被炒魷魚罷了。面向前方，伸頭一刀，明天再開開心心過日子就好。我內心某處一直有這種豁出去的想法。專務董事面紅耳赤，嘴唇發顫。我不知道自己當著他的面說了幾次「公司的老二」。

忽然間，我的視線一角捕捉到了店長的身影。不斷下令要對方宣洩憤怒的下屬終於打破層層硬殼，如他所願展露憤怒，店長一定很滿意吧。

然而，店長卻一臉蒼白，雙手摀著嘴巴瑟瑟發抖。

不知為何，店長對著我不斷指著自己的褲襠。我完全摸不清那個動作的意涵，事到如今只覺得他在耍我，鬥志更加高昂。

我無視店長，再次看向專務董事。

「如果認為我有錯的話，請開除我吧。」

我的嘴角終於勾起微笑。不過，這跟我平常那種難看的笑容不同，一定是宣洩憤怒後身心暢快、自然而然流露的笑容。

如果是我自己，會希望看到怎樣的前輩呢？

「很抱歉講話這麼難聽，不過，我有句話一定要說——」

我深呼吸，壓抑揪住對方領子的衝動。

「老二……公司的老二不要在大庭廣眾下沒有分寸地失控！」

店裡變得更加寂靜無聲。我緩緩轉向山本，相信她一定很感動。

然而，山本卻一臉緊張。她東張西望，像個嬌羞的少女滿臉通紅。

「谷、谷原姊……那樣實在太難看了。」

啊啊，原來如此。原來這孩子不太擅長面對黃色笑話……這似乎是我第一次看到山本多佳惠有溫度的一面。

同時，我終於理解店長那個動作的意思了。

儘管為時已晚，也察覺到「公司的老二」這句話的含義，以及那在「大庭廣眾下沒有分寸地失控」有多麼難看。

第三話　雖然老爹少根筋

雖然不知道老爹是從哪學來的，但本人最近自詡為「神樂坂網紅」。

當然，這樣說很不知天高地厚。但以一個六十多歲默默無聞的廚師，加上幾個月前才剛開始經營社群媒體的人而言，老爹的確算小有影響力吧。

粉絲總數近六千六百人。

考量到我這個三十幾歲默默無聞的書店店員，大約在八年前因為日常生活的憤怒氣到註冊社群平臺帳號，粉絲人數不到八十人的狀況，不得不說兩者間的差距不容反駁。

「妳的社群帳號內容很難讓人有共鳴，感覺太焦慮、太消極了。妳必須再更有服務粉絲的意識才能像我一樣。妳的工作也是服務業啊。」

順帶一提，我不記得跟老爹提過自己的帳號。我的帳號名稱是「飛蛾撲火」，雖然會對同業傾吐的不滿按讚，卻沒有表明自己是書店店員，內容也頂多是隔幾天發一次「啊啊，好累」或是「好想辭職」。老爹到底了解多少呢？

在老家美晴已經收起門簾打烊的吧檯前，我身旁的石野惠奈子小姐啜了一小口日本酒，搭配據說是她最愛的海鞘，無意義地吹捧老爹：「我懂～我從以前就覺得師傅身上有種碗紅的氣質。雖然作夢也沒想到會碗紅到這個程度就是了。這一點京子也不能輸喔。」

老爹雖然因為石野小姐講錯字而有些困惑卻依舊龍心大悅，拿出更多海鞘招待石野小姐。

「京子妳啊，根本不明白社群平臺是什麼。」

「是什麼？」雖然我完全沒興趣卻還是不小心回了話。老爹得意洋洋點頭道：「數字就是力量。想跟這個世界說什麼話，就必須先獲得粉絲，站穩腳步才行。我也不是喜歡才上傳食物照片、公開食譜，或是介紹神樂坂其他店家的。」

「咦？不是嗎？」

「不是什麼？」

「你不是因為喜歡才拍自己做的菜？」

「當然不是啊。我幹麼非得做那些麻煩的事啊？我也很不爽幫其他競爭對手宣傳啊。」老爹若無其事地說。

「那你為什麼要經營社群——」

話才到一半，老爹便伸手制止我，驕傲地挺起胸膛說：「就像我的食譜一樣，妳身為書店店員應該也有類似的武器吧？如果沒有，那就是妳的懈怠。即使如此也還是想要粉絲的話，那就高聲疾呼某種特定的意識形態吧，偏左偏右都無所謂。總而言之，就是不斷陳述妳的主張，堅定不移，貫徹到底。」

「我才不要那樣。我幹麼非得做那種麻煩的事啊？」

「我說了，這是為了讓妳擁有力量。」

「呀——！爸爸好帥！」石野小姐喝得醉醺醺，手邊的盤子已空空如也。

得意忘形的老爹「嘿嘿嘿」地笑著，像少年漫畫男主角般抹了抹鼻子，拿出第三盤海鞘。

「石野小姐，要不要看個有趣的東西？」

「要要要——！」

「唉呀，這傢伙也是有武器的唷，不是只會忿忿不平，該大喊的時候會大喊，該做事的時候會做事。」

此刻，我只有不好的預感。當父親滿心歡喜點開手機時，預感化為肯定。果不其然，父親拿給石野小姐看的手機畫面裡，打開了各方人馬透過各種方式給我看的那個影片網頁。

「咦咦，這是什麼——？」完全不熟悉網路的石野小姐戴上老花眼鏡，興致勃勃地盯著畫面看。

影片標題是「超級店員T小姐暴怒：『公司的老二好硬！』（笑）」，「觀看次數 940278 次」這可怕的文字也映入眼簾。

這部影片似乎是那天在店裡的客人上傳的。當然，我並沒有說什麼「好硬！」上傳者把影片剪接得很搞笑，高明地強調了「公司的老二不要在大庭廣眾下沒有分寸地失控！」搭配標題的威力，讓影片迅速流傳開來。
我全身冒汗，灌了一口啤酒。老爹和石野小姐互看一眼後，競相露出低級的笑容。
「京子，妳怎麼會說出好硬這種話？」
「我沒說。請好好看影片。」
「是因為壓力太大了嗎？」
「我不是說我沒說嗎？雖然我壓力的確很大，但我沒說。」我的強硬只到此為止。當再次吸引我目光的觀看次數較先前又增加了兩百後，我就想哭了。
「真是夠了。為什麼事情會變成這樣？為什麼每件事都會出錯？我只是想保護後輩而已。」
「幹麼這樣？這很好笑耶，不是很好嗎？真羨慕妳。」
我不知道是不是小說家這種人的特性，但石野小姐是真心覺得只要有趣什麼都可以。
「我不要。」
「不要什麼？」
「我不想這麼引人注目，我只想平平淡淡過日子。」
「咦——那樣不會很無聊嗎～？」

「才不無聊。」
「很無聊～」
「就說了不會無聊嘛。現在跟石野小姐你們那個時代不一樣，不是只有出鋒頭才會受到推崇！」
石野小姐那隨便的口吻令人光火，我不自覺脫口反駁。儘管有些擔心這麼說是不是很沒禮貌，她看起來卻沒有放在心上的樣子。
「這樣啊。所以，妳是討厭這個的什麼？」
石野小姐再次點擊影片的重新播放鈕。
「當然是討厭這種東西被公開啊。」
「所以我問這有什麼好討厭的呀？」
「就是，該怎麼說呢？因為……會嫁不出去？」
由於無法馬上回答出原因，我不小心言不由衷。話一出口，我馬上吐槽自己：「這不對吧。」卻為時已晚。石野小姐的鼻子不停抽動。
我真的不擔心結婚的事。然而，當我發現說什麼都只會變成藉口後，乾脆自暴自棄道：「我受夠了。我想盡快辭職，辭職以後結婚，快點嫁出去。」
石野小姐像是終於忍不住似地爆笑出聲：「等一下，不是這樣吧！妳不是說現在跟我們那個時代不一樣了？結果繞了一圈不是又回到古時候了嗎？」

我不懂什麼東西那麼好笑，石野小姐一個人猛力拍著吧檯，放聲大笑。

我不經意地望向老爹，他臉上沒有絲毫笑意，甚至露出了我已多年未曾見過的嚴厲表情，隔著吧檯緊緊盯著我看。

老爹的視線實在太銳利，我忍不住將眼神轉移到手機上。大家到底在追求什麼呢？

短短幾十分鐘內，老爹又獲得了更多追蹤，粉絲總數突破了六千六百人。

我並沒有強迫自己不要去思考「結婚」這件事。雖然我很少因為個人喜好閱讀戀愛小說，但暢銷作品或是有人推薦的內容我也會看過一遍，跟著心花怒放，對婚姻主題的論壇也很感興趣，跟眾人一樣感動或憤慨。

然而，結婚對我來說一直都像是別人的事。過去，我以「自己還是約聘員工，生活不穩定」為由，現在則換成了「雖然已經轉為正職但薪水沒有什麼改變」。

到頭來，其實是我自己的問題，始終將結婚切割成他人的事，無法認真看待。如果沒有什麼契機的話，我應該不會有認真看待結婚的那一天吧。同時我也覺得，如果自己沒有不顧一切主動渴求的話，那個契機也不會降臨。話雖如此……

美晴的那一晚就像是啟動了某個開關，生活中接二連三冒出好幾件事令我不得不意識結婚這個問題。

敲響第二回合鈴鐺的人是店長。

「是這樣啊。谷原京子，妳再三年也要三十五歲了呢。」

順帶一提，直到前一秒為止，我和店長之間並沒有說什麼會讓他語重心長感嘆「是這樣啊」的話，我們甚至沒有交談。在我意識到店長頂著嚴肅的表情靠近自己的瞬間，他便拋出了這句話。因此即便提到了年齡，我一時間也不覺得失禮。

重點是，為什麼不是說「妳已經三十二歲了」或是「再過幾個月妳就要三十三歲了」，而是突然指出三年後之久的事。

「怎麼突然說這個？」

我雖這麼說，心裡卻意外因「三十五歲」這個詞感到動搖。店長若無其事地點頭道：「我只跟妳說喔，我當上這間店的店長時就是三十五歲。」

「這跟我沒關係吧？」

「谷原京子，我很著急啊，我必須在僅剩的三年內將妳培養成一名優秀的店長。不，不能只滿足於我的程度。今後的出版界應該會被捲入更激烈的浪潮，為了讓妳能在耀眼的船上掌舵，成為超一流的船長，我必須傳授妳帝王學才行。敬請期待，做好覺悟吧。」

短短幾句話充滿了無數令人不耐的點。像是「你根本不需要著急」、「前提是你根本不是優秀的店長吧？」、「耀眼的船是什麼啊？」、「你的帝王學也不是什麼像樣的東西」等等，體感上，我在心裡吐槽了十遍、二十遍。

儘管如此，我卻一句話也沒有說出口。

「這是我微不足道的小禮物。自從我確定成為店長的那天起買下這本書後，我便飢渴地一再反覆閱讀。當我想了解仁慈與殘酷，煩惱受人敬愛與為人恐懼孰優孰劣，或是想知曉命運在人世中擁有的力量以及與之抗衡的方法時，也就是說身為領導者感到混亂的時候，一定會向這本書尋求線索。」

我才覺得混亂。

「妳或許已經看過這本書了。但就算這樣，也請妳以自己將來會成為領導者的角度再看一遍。雖然送女生禮物不符合我的個性，有點害羞，但妳可以收下它嗎？」

店長露出真的很害羞的模樣遞給我一本書。那大概是他自己包裝的吧，外觀有些慘不忍睹。

對我而言，只覺得這些話是一段很宏偉的鋪陳，儘管嘴上說著「謝謝」，小心翼翼收下，卻對內容物沒有絲毫期待。

反正那一定是店長自己喜歡，以前推薦過好幾次的自我啟發書或是瘋狂暢銷的漫畫，搞不好還有可能是我以前推薦他的小說。

然而，店長的思路總是超越我的想像。我望著露出清爽微笑離去的店長背影，當場拆開了印著滿滿「武藏野書店」LOGO的包裝紙。

當那一本文庫本現身時，我的感受是什麼呢？

我靜靜凝視那本書的封面。

是店長確定成為店長的那日起便愛不釋手的書籍。

作者名為「馬基維利」。

書名是《君主論》……

大概是新型病毒的每日確診者人數已經告一段落了吧，這一天，店裡久違地門庭若市。老客人一個接一個上門，像是約好似地找我說話。

「谷原小姐，妳真的很棒呢。」

第三回合的鈴聲響起。一般來說，真心打著將我收為養女算盤的神明C只會在上午時間過來，今天卻在店裡充滿放學高中生與上班族人潮的下午五點後現身。

順帶一提，此時我正在尋找客人打電話來詢問的書籍，以及店裡另一位客人請我幫忙找的書，途中還發現了一名走失的小男孩，處於一團混亂之中。

我渾身散發無與倫比的氣場表明「不要跟我說話！」，神明C卻毫不留情地向我表明來意：「谷原小姐，我今天做了燉肉豆腐來給妳喔。現在大家不是都很崇尚蛋白質嗎？我也一直覺得妳再多長些肌肉比較好，就想著做做看。」

神明C窸窸窣窣翻著手提袋，將那個裝在唐草紋束口袋裡的東西遞給我說：「來，希望合妳的口味。」神奇的是，明明一個月都只會有一、兩次，但神明C做菜給我吃的那一天，經常都是我下班後與人約好吃飯的日子。

書店的規定是，無論再怎麼忙碌，只要客人開口都不能裝做沒聽到。換做是平常我或許會停下腳步，多少釋出一絲善意，但現在的我真的做不到。

「很抱歉，我現在要處理幾項其他客人交辦的急件，能不能請您稍等一下呢？」

「一下是多久呢？」

「很抱歉，真的是一下下！」

順道一提，神明C最後一次買書已經是一年多前的事了。我並沒有因此而不滿。武藏野書店能成為客人即使沒有想買書也仍會定期來訪的地方，真的是我們的榮幸。我相信，實體書店這種能讓人在街上隨意走進的功能，是一項能與網路書店抗衡的強力武器。不只是神明C，如果有一天，店裡突然看不到老客人的身影，我一定會坐立難安。

重點在於，神明C到底為什麼對我這麼一見如故？等一下問問她吧。腦海中轉著這些事，我堆起笑容道：「總而言之，我先去處理一下工作喔！請稍候片刻！」

我先是尋找走失男孩的父親，將客人委託我找的書籍交到對方手上，確認書籍庫存後拿起電話時，對方已經掛斷了。

我輕輕嘆了一口氣，掛好話筒。瞬間，外線電話再次打了進來。剛剛那位客人大概是不小心掛斷的吧。來電顯示不知為何變成了「未顯示號碼」，我奇怪地拿起話筒。

「武藏野書店吉祥寺本店您好。」

以前我們會連自己的名字都報出來，但自從發生過女工讀生被狂熱粉絲糾纏的問題後，公司便更改了規定。

『妳好，我想找本書，可以麻煩妳確認店裡有沒有貨嗎？』

話筒裡的聲音跟剛才的客人不同，聽起來是位有點年紀的男性，但沒有電話詢問中常出現的盛氣凌人。我鬆了口氣，拿起筆回應：「沒問題，請問是什麼書呢？」

『因為書名有點長，等一下可以請妳複誦一遍嗎？』

「好的，請說。」

一下子從天而降的工作讓我累得只剩下一口氣。冷靜想想，這也是電話中常出現的對話模式，我卻沒想到那點。

電話那頭的男子深吸了一口氣。

『那我說了喔，「正妹老闆娘的下流午後，光天化日下公然偷上床，深夜幽會的究・極・服・務」。』

「……啊？」

『不是「啊」，妳有聽清楚嗎？』

「不好意思？」

『因為有點長，我再說一次喔。可以請妳好好複誦一遍嗎？「正妹老闆娘的下流午後，光天化日下公然——」』男子以比剛才更黏膩的聲音念出書名。

我不由自主輕嘆一聲。最可悲的是，這種電話絕對不稀奇。

在我對書店店員這份工作懷抱夢想與希望進入公司沒多久後，便接過同樣類型的電話。

當時對方說的書名是一堆更加猥褻的詞彙，而且一定是看穿了我是新人吧，態度十分惡劣，在我往後的書店店員生涯中也絕無僅有。

『喂！快點複誦啊！妳那樣拖拖拉拉是在浪費客人時間。是說，妳聽一遍就能記住剛才的書名了嗎？記不住的話，複誦一遍很正常吧？不要讓客人等！快念！』

對方陣陣催促，轉眼間已泫然欲泣的我依照要求，念出記下來的書名：

「你、你的巨鯰，突破我的積雨雲，蛞蝓女體的淫蕩日常，我、我、我的究極水豚體驗……對嗎？」

『我聽不到。』

「我、我、我說！你的巨鯰——」就在我的眼淚終於奪眶而出準備大喊時，當時店裡一名五十歲左右，名叫樫原的兼職大姊搶走了我手中的話筒。

「好的好的，不好意思，我們換一個人幫您處理問題。可以請您再說一次書名嗎？請說清楚一點。」

據說，樫原姊還沒說完，對方便一聲不吭掛斷電話了。身材嬌小、皮膚白皙，乍看之下帶著柔弱氣息的樫原姊無奈地盯著話筒，接著以嚴厲的口吻對我說：「那個……我記得妳叫谷原對吧？」

「對、對。」

「妳剛才的應對是最糟糕的方式。」

「是……」

「這種男人只是喜歡聽女人不知所措的聲音罷了。面對這些連長相都不敢給人家看的卑鄙小人，不要做出讓他們高興的行為。」
「是的。」
「這些傢伙啊，只要我們表現得落落大方，他們就會對自己的行為感到可恥，馬上掛斷電話了。如果妳不敢的話，就說『我請其他同仁協助』，隨便叫一個附近的男店員過來。」
「是。」
「谷原，臉皮要厚一點喔。」
「好的，對不起。」
「又不是妳的錯！不要別人講什麼就馬上道歉！」
「是的，對不起！」

那一天，樫原姊對著嚎啕大哭的我訓誡，那些話至今仍深深刻在我心底。那次之後，每當出現類似的電話時我基本上會請男店員應對，面對不知所措的後輩，也告訴他們相同的話。

那天後，我在這間店度過了十年的光陰，雖然遠遠還不及樫原姊當年的程度，但我的臉皮也變得相當厚了。

話筒另一端傳來男子興奮的呼吸聲。我刻意放空自己的情緒開口：「好的，我複誦一遍。正妹老闆娘的，下流午後，光天化日下，公然偷上床，深夜幽會的究・極・服・務。其中『光天化日』和『深夜幽會』似乎前後矛盾，您確定書名沒錯嗎？」

原本在打發票的工讀生弟弟一臉驚嚇地看著我。我對還是大學生的他露出職業笑容時，電話那端的男子嘖了一聲後便無言掛斷了電話。

這些人到底在想什麼呢……我沒有這類的想法。我對已經感受不到那些情緒的自己有些失望。

以前，我會很明顯感到噁心才是。一廂情願認定書店女店員乖巧文靜，企圖在不會露臉的安全範圍內滿足個人欲望。我無法原諒這些卑鄙的男人，也曾幾乎對男人這種生物絕望。

不知從什麼時候開始，我變得能將打這類電話的人切割為「特殊分子」。儘管依舊覺得噁心卻不會生氣，也不再當成與同事間聊天的笑話。有好幾次我甚至在想像那些男人的日常生活時會心生同情，想著「他們的生活一定很孤單寂寞吧？」噁心，早已成為家常便飯。

然而，這樣真的正確嗎？我花費時間學得的這副厚臉皮，會不會只是一種慢性放棄呢？實際上，我們始終無法減少這類型的電話，這些男人感覺也越來越變本加厲，滿不在乎地傷害還不適應這些事的年輕女生。世界一點也沒有變得更好。

面對因此而受傷，懷著夢想與希望來到這個業界的年輕女孩，我依然跟她們說：「臉皮厚一點！」

告訴她們這些話真的正確嗎？就在我感到疑惑時，有一瞬間似乎看清了心中鬱悶的真相。那跟世界怎麼樣無關，只在於當我經歷那些事決定變得厚臉皮後，到頭來是否幸福吧。

我到底是站在什麼立場說話呢？在慢慢麻痺自己、對現狀妥協的過程中，我已徹底生鏽。至少，我已經無法深信自己的做法是正確答案。

若是這樣的話，身為前輩，我應該對那些受傷的女孩說什麼才對呢？是叫她們「放聲大喊」還是要她們「憤怒」呢？這簡直就是店長不斷跟我說的——

「生氣的話就大喊自己在生氣就好——」

彷彿受到這句話慫恿似的，我對著柏木雄太郎專務董事破口大罵。最後產生的，是觀看次數終於突破百萬大關的影片、我絕不想讓未來可能會出現的丈夫和小孩看到的過往。果然，不是「生氣就好」。

僅僅一通令人火大的電話便引起我深思，硬要說的話，是陷入消沉。

所以，我有段時間沒發現有人在喊自己。

「谷原！谷原！」

我恍然回神，終於發現自己一直握著電話話筒。

「咦……？啊啊，抱歉，怎麼了？」

我慌慌張張掛好話筒，擺出笑容。出聲喊我的，是一位名叫秋山千晴的約聘員工，正是我一再對她說「臉皮要厚一點」的後輩，因為有事想找我商量，我們約好今天下班後一起去吃飯。

「什麼『怎麼了』，我一直在叫妳喔。妳就這樣拿著電話發呆，感覺好詭異。」

「抱歉，抱歉。所以找我什麼事？」

「那位老客人在找妳喔。」

「啊，對喔。我不小心忘了。」

「真是的，妳振作一點啦。她剛剛把我拉住。」

秋山面露苦笑，牽著我來到位於櫃檯視線死角的「休閒興趣／生活實用」區。神明C臉上掛著幾乎和剛才一模一樣的笑容，手裡拿著唐草花紋的束口袋等著我。

「不好意思啊，這樣好像在催妳一樣，因為我等一下有個約。來，就是這個，不嫌棄的話請收下。」神明C將束口袋交給我。

「謝謝，是燉肉豆腐對吧？我很高興。」

神明C很會做菜。起初，我無法想像神明C平常生活的樣子，也曾對「收下陌生人做的菜」感到不安，但現在已經不會這樣想了。

「那麼，妳們慢慢聊。」秋山含笑說完便離開了。

「謝謝妳。」神明C不停揮手，直到看不到秋山的身影為止。接著，她依舊眉眼彎彎地看著我說：「她也是個好孩子呢。」

「是的，雖然您說『也是』讓我有點不好意思，但她是個非常好的女孩。」

「妳當然也是好女孩啊。」

「是嗎？雖然聽到田中太太您這樣稱讚很高興，但我不覺得自己是『好女孩』，也已經不是可以被叫做『女孩』的年紀了。」

推測年齡七十五歲的神明C——田中道子女士笑得身體輕顫，似乎十分開心的樣子。我提出心底一直以來的疑問：

「那個，不好意思。可以請教您一件事嗎？有件事我一直很好奇。」

在確認其他人的工作狀況都很穩定後，我開口問道。田中太太的眉眼笑得更彎了。

「嗯，沒想到妳會這樣主動問我問題，我很高興。」

「您別這麼說……那個，請問您為什麼這麼照顧我呢？除了我以外，店裡也有很多其他年輕店員，我不太明白為什麼您只特別做菜給我吃呢？」

「啊，不好意思，我該不會造成妳的困擾了吧？」

「不，沒這回事。」

「真的嗎？那就好。這樣啊，特別照顧妳的理由啊。我從沒想過呢。」田中太太像電影裡的偵探一樣手托下巴，露出凝重的表情。

雖然不覺得田中太太是將我和分隔兩地的女兒重疊到一塊這種理由，但她如此陷入苦思也讓我很意外。

「那個，不好意思。如果沒什麼原因的話就算了。很抱歉問了奇怪的問題。」

發現是自己自我意識過剩後，我趕忙低頭道歉。田中太太比我更慌張地揮手道：「不是的。我是在想以前的事。那個，我可以說些比較沒關聯的話題嗎？我啊，年輕的時候是小學老師，對教育懷抱熱忱，也非常喜歡教師這份工作，但最後因為一些不得已的原因只好辭職。那時，我二十七歲。」

「原來您之前是老師啊！不得已的原因是——」

我話還沒說完，田中太太又揮著手道：「啊，不好意思，也沒那麼誇張啦。是我結婚了。」

「結婚？」

「沒錯，老師這個職業就算在當時，也是女人比較容易持續下去的工作，但我的結婚對象不能接受。不只是我先生，還有我的公婆、小姑，總而言之就是整個夫家聯合起來向我施壓，我沒有任何能力反抗，辭去了心愛的工作。在二十幾歲就屈服的女人，下場很悽慘喔，只能永遠對那些人言聽計從。當然，我帶孩子帶得很開心，基本上也覺得自己的人生很幸福，但內心卻隱隱約約感到空虛。隨著日子過去，我以前的同事都退休了，幾年後，我先生也突然過世。我不禁疑惑起自己的人生到底算什麼。」

田中太太說到這輕輕一笑。我無法想像她是帶著什麼心情說這些話。話說回來，我根本看不出這些事跟自己有什麼關係，不知該做何反應。

田中太太抬眼望著我。

「從那之後過了多久呢？某天，我在這間店發現了妳。」

「我嗎？」

「看著妳彷彿看著曾經的自己，同時也覺得妳似乎擁有過去的我所沒有的一切。」

「您是指……」

「妳就像過去的我，為自己的工作感到驕傲，熱愛工作，卻也擁有過去的我所沒有的韌性，挺身奮鬥。當我注意到時，發現自己的目光一直跟著妳。我心想這個孩子真棒，如果是她，無論結婚也好生子也罷，一定能達成自我實現吧。雖然妳可能會覺得困擾，但我是妳的超級粉絲喔。」
田中太太的笑容十分溫柔，就像是全面肯定我這個人的存在一樣，但我卻笑不出來。甚至，還有一絲微微的厭惡。
我無法順利掌握這股情緒的真正來由，心頭浮現了某段回憶。那是距今兩年前左右的事，某天，神明A突然找我說話。
「妳是不是也差不多要三十歲了？」
一如往常，剛開門的店裡只有三三兩兩的客人，神明A朝正在整理書架的我問道。
由於我三天前才剛過生日，對於神明A在這麼湊巧的時間點提出問題感到相當訝異，卻也老實回答：「是的，我前幾天剛好滿三十歲。」
神明A緩緩闔上手中的書本，將身體轉向我。他的眼裡浮現溫和的笑容，彷彿昔日的火爆都是假象。
「這樣啊。既然這樣，就差不多是該結婚的年紀，步入家庭了呢。妳總不可能一直做自己喜歡的事吧？趕快結婚，讓妳爸爸放心。」
我第一個想法是，我家老爹才不是會因為這種事而放心的類型。我明白神明A沒有惡意，在過去那個年代，這或許是天經地義的事，他應該也沒有要傷害我的意思。

當然，我並非接受這個觀念，神奇的是卻也不覺得惱火。只是，在那一天的最後，殘留在心中的是一種難以形容、近似厭惡的心情。

儘管兩人的話可謂完全相反，但我對田中太太萌生的心情卻有點像面對神明A的感覺。兩者間到底有什麼共通點呢？我唯一明白的是，無論是哪方的意見，我都沒有一丁點真實感。我的大腦無法想像婚後身兼育兒與工作，達成那個「自我實現」的自己，也難以浮現自己步入家庭的畫面。

所謂的工作之於我，只是為了生存必須做的事。為了得到稍微像個人樣的生活而想盡快成為正職員工，也因此才會一路忍耐那些幾乎要奪走我身為人類尊嚴的屈辱或是把人逼上絕路的例行公事。

「自我實現」這個詞實在讓我覺得有種空虛或是搞錯時代的含意。另一方面，我也不明白為什麼結婚步入家庭後就可以不用賺錢，我甚至根本描繪不出自己在那個「步入的家庭」裡會做什麼事。

就在我茫然思考這些事時，似乎稍微觸碰到那股厭惡的真面目了。自從成為正職員工後我一直有股淡淡的心慌。毫無疑問，這是我心心念念的身分，我深信只要成為正職員工，自己毫不起眼的人生就會全面好轉。然而，一旦置身於正職身分後，沒有任何改變的日常令我動搖不已。

只有微調的薪水、難度更上一層樓的人際關係、歷經疫情混亂後難以預測的未來、始終得不到的安穩日常……沒錯，到頭來，自己對未來的不安絲毫沒有消失，我對此愕然且莫名心慌。

曾經，我只要抱著「成為正職」、「只要成為正職就能解決了」的想法便能奮戰。現在的我卻連這點念想也沒了。明明已經站到曾經那麼憧憬的正職位置卻什麼事都沒有結束。從成為正職的那瞬間起，不但有某種更加龐大的事物再度展開，在不明白那是什麼的情況下，也漸漸找不出「生存」以外的工作意義。

有些約聘員工背地裡議論著「為什麼每次都是谷原」、「因為她是前店長的愛」、「明明是個女人」、「我們連轉正考試都沒辦法參加」。那些員工的心情我感同身受，再理解不過。我的理智明白，自己應該奮發向上以免落人口實，實際上卻辦不到。

如果結婚的話，我身上就會出現什麼巨大的變化嗎——

神明們說的那些話令我感受到某種甜美的誘惑。我想，那就是對這樣的自己所產生的厭惡感。

「谷原，今天真的很謝謝妳。還有小柳姊，妳特地趕來我好高興。」

武藏野書店吉祥寺本店的約聘員工秋山千晴毫不馬虎地行禮，臉上沒有一絲陰霾。

「別這麼說，我才要謝謝妳們找我。妳一直都幫了我很多忙啊。」小柳滿面笑容回答。

「所以，妳什麼時候提辭？」

「這個月月中。」

「馬上就結婚入籍嗎？」

「不，離入籍還有一小段時間，但因為我從大學畢業後就一直在工作，所以想看看能不能稍微休息一下。」

「原來如此，這樣或許也不錯呢。」

「我知道能這樣自由自在的日子也不多了，所以希望這段時間可以盡量享受。」

秋山露出一如往常的清澈笑容，啜了一口熱紅茶。我茫然地望著她優雅的舉止。

幾天前秋山對我說「有些事想討論」時，我就有這種預感了。

所以，當小我五歲的秋山表示「我終於決定要結婚了」、「下個月就要離職」、「這段時間真的受到妳很多照顧，所以想最先告訴妳」時，雖然覺得這不是「討論」而是報告吧，卻也沒有太大的衝擊。

同樣的，當她說「其實，我肚子裡有小寶寶了」時我也不覺得訝異，只是急急忙忙改了吃飯的餐廳。

「因為我未婚夫是Doctor，是醫生，大我十五歲，加上我一直有考慮要生小孩。雖然作夢也沒想過會這麼快就懷孕，但這或許也是緣分吧。」

先說，秋山不是那種不懂體貼的人。在小柳被逼到絕境的店長時代，秋山是給予最多理解的店員，當我破格升為正職時，儘管自己也是約聘員工，她仍然向我賀喜，為我高興。

當然，聽到秋山的報告我也很開心。一起跨越艱難的戰友即將展開人生新篇章，我沒理由不開心。

然而這是為什麼呢？我如果不告訴自己「我當然高興，可愛的後輩要開啟新生活了呀，我沒理由不高興」的話，我怕漆黑的影子瞬間就會吞噬自己。

「今天真的很謝謝大家，還讓妳們請客。雖然當書店店員的日子不多了，但還是請多多指教。」

秋山站在疫情後一下子就恢復人潮的SUNROAD商店街入口，依依不捨回頭道。她彬彬有禮鞠了個躬：「那麼，我先走了。今天真的很謝謝大家。」神采飛揚地走向計程車招呼站。

最後，秋山邊向我們揮手邊坐進了計程車。小柳果然還是一臉笑吟吟地目送秋山。之後她喃喃道：「我記得那孩子家裡好像住在國分寺吧？好驚人，搭計程車回家。也是，畢竟她是孕婦，先生又是『Doctor』。」

我也揮著手，隔了好一陣子才開口：「其實，我今天本來預計跟平常一樣去『車屋一番』的。」

「我想也是。」

「畢竟和秋山一起去過好幾次了。她雖然不喝酒，但也說過很喜歡那間店。可是她跟我說她懷孕了，我想這樣就不能帶她去那種菸味瀰漫的地方，急急忙忙換了場所，改到她說自己常去的義大利餐廳。」

「嗯嗯。」

「結果，那裡比我想像的還貴。我沒有要怪她的意思，是我不夠周到，沒有事先上網查好價錢，而且其實根本也沒有貴到哪裡去，只是我能力不足罷了。」

「說什麼能力呀……」

「不管怎樣，那都是我無論如何也應付不來的店。我嚇了一大跳，回過神時就發現自己找妳來了，真的很對不起。」

「這種事無所謂啦。」

「我一定會還妳錢。」

「什麼時候還都可以。而且我也好久沒看到秋山了，很高興能跟她見到面，也很開心能看到妳喔。」

小柳式的溫柔一口氣融解了我逐漸凍結的心。

「嗚咿咿咿，小柳～」我發出自己也搞不懂的聲音，努力忍住淚水，倒在小柳肩上。

我其實摸不清自己真正的心情。儘管如此，面對我可疑的舉止，小柳也沒有要追究的意思。

「好啦，接下來怎麼辦？當然還要續攤吧？」

「可以嗎？」

「當然啦。我怎麼可能放沮喪的後輩一個人回家？」

「我果然在沮喪啊。」

「不是嗎？」

「不知道，我自己也不清楚。」

小柳無奈地嘆了一口氣，拍了拍我的背。我們明明沒有討論接下來要去哪裡，卻同時朝車站邁出腳步。

「怎麼回事？妳最近很常來耶。我已經要打烊囉。」

老爹板著臉道。的確，我最近有事沒事就會回老家美晴。除了老爹願意讓我用接近成本的價格享用美酒佳餚這個決定性的因素外，另外大概就是社群平臺評價的關係，最近和我一起吃飯的人經常點名要來這裡。

「啊啊，沒關係，我們吃過飯了，你只要隨便出三、四道菜就好。」

「妳打算讓我做那麼多啊。」

「谷原爸爸晚安，不好意思突然跑過來，您很困擾吧？」

小柳楚楚可憐地垂下頭說。長相、氣質優雅的小柳本就是老爹喜歡的女孩類型，最近，小柳自己好像也發現了這件事，完美地學會了哄老爹的技巧。

「小柳小姐別這麼說，哪有什麼困擾。」

「您真的不用太介意，我們只要兩、三道菜就很夠了。」

「如果是這樣的話……」

「我們會整理乾淨再回去，爸爸別客氣，請先去休息。」

小柳深知老爹聽到別人這麼說反而就想留下來的個性。

「小柳小姐，妳不用在意那種事。來，快坐下，我馬上幫妳們準備好吃的。」

我和小柳坐到吧檯椅上，以冰涼的瓶裝啤酒乾杯。本來，我是想針對自己最近一直梗在心中的鬱悶來源，具體來說就是結婚這件事問問小柳的意見。結果一回神發現自己講的淨是些工作上的事，像是包含工讀生在內與其他人的人際關係、跟店長間一連串的對話、疫情後客人來店的狀況以及自己身為正職的立場等等。

小柳絕非態度冷淡，但從途中便也不再插話，一邊吃著下酒菜一邊靜靜聽我說。

「老實說，我最近常常覺得好累。該怎麼說呢，就像是一直處在十八層地獄裡一樣，不知道自己的目標，也不知道自己在跟什麼戰鬥。想著這種日子要持續到什麼時候……」

「那種心情也不是現在才有吧？」

「不，很明顯有某些東西不太一樣。感覺越來越不像以前那樣只是單純的生氣和焦躁。怎麼說呢？像是不滿變得更沉重、更黏膩了吧。或許，那些我可以傾吐不滿的人陸續離職也是很大的因素吧。」

「抱歉。」

「我沒有要怪妳，只是覺得好像只有自己被留下來一樣。今天秋山說的那些話，我好像也沒辦法坦率地聽進去。像她說『大學畢業後就一直在工作』，我就覺得不是也才幾年嗎？聽到『因為老公是 Doctor，是醫生，大我十五歲所以想早點生小孩』就會想『想早點生小孩跟是醫生沒關係吧？』一直在為這些事耿耿於懷。我真的想更坦率、更沒有條件地為秋山高興，但我這樣到底算什麼呢？原來，我的個性這麼差勁嗎？」

「嗯……這個嘛，以我的立場沒辦法評論就是了。」

「我或許曾經嚮往成為一名書店店員、升格為正職員工，卻從來沒夢想過結婚這件事。我以前甚至不懂女人結婚就要辭職的心情，然而現在這到底是什麼感覺呢？為什麼我聽秋山說那些話會覺得鬱悶呢？」

不知何時起，小柳手中的啤酒換成了日本酒。她輕啜一口酒，不自覺似地哼了一聲。

「看，妳果然悶悶不樂嘛。」

「沒錯，雖然不想承認就是了。話說回來，我是真的也覺得很恭喜她。」

「我懂，我也覺得有點悶悶的。」

「妳也是嗎？」

「嗯，大概是那個『是Doctor，是醫生』的說法吧。人家可能真的是博士，我也明白秋山沒有別的意思……真的就是一點點悶悶的。」

「我從來沒想過要跟醫生結婚。」

「我也是。」

「那是為什麼呢？為什麼面對秋山我會有這麼強烈的挫敗感呢？」

「鬱悶的源頭是挫敗感嗎？」

「不是嗎？」

「我不知道啊。雖然不知道，但我喜歡妳的這種坦率。」

「店長想讓我在三十五歲前成為店長。」

「喔，感覺突然改變話題了。」

「小柳，假設三十五歲前成為武藏野書店店長的未來，和三十五歲前結婚辭職的未來，現在像這樣掛在懸崖邊，然後只能救其中之一的話，我應該拉誰上來呢？」

我逼真地演出站在懸崖上面臨命運抉擇的模樣，右手抓的是成為店長的未來，左手是結婚的未來，小柳卻看也不看我一眼。

「我認為應該有兩個都能拉上來的方法，也覺得有兩個都放手的選項。重點是，無論妳如何選擇、選擇了誰，之後的人生仍會繼續下去。什麼都不會結束，也意外的什麼都沒有開始。無論妳選擇誰或不選擇誰，痛苦都只會稍微改變一下型態，確實降臨在三十五歲的妳身上。到頭來，什麼都不會終結。」

沒錯，真的什麼都不會終結。小柳像是說給自己聽似地又反覆了一次，咬碎老爹端出來的第六道菜——醃漬薑片。

我不禁火大起來。

「那樣也太絕望了吧？」
小柳不改超然的態度說：「妳不覺得是『只有那裡才有希望』嗎？」
「什麼意思？」
「前往下一個階段不是很開心嗎？」
「我不懂。妳不是說下一個階段也不開心嗎？」
「不是，我只有說痛苦會持續，沒說會不開心。」
我和小柳都醉得不輕。我們每次一喝多，就會展開問禪似的對話。我看向老爹，心想他應該很受不了我們吧。出乎意料的是，他正帶著認真的眼神為我們製作第七道菜。
「所以，結婚這件事實際上怎麼樣？」
我也為自己倒了杯日本酒，啜了一口。小柳依舊一副事不關己的樣子道：
「沒怎麼樣啊。沒有糟到需要自卑，也沒有好到要上社群平臺宣揚。就像我剛才說的，結婚意外地延續了之前的人生，我先生好像也很驚訝。有小孩的話或許會有所不同吧。」
小柳自己說完後又偏了偏頭，感慨地修正：「不，應該不是。就算有了小孩一定也是一樣吧。在這層意義上，秋山可能也跟我們一樣，只是嚮往自己未知的境界罷了。或許，她只是想太多，以為會有什麼新展開。」

小柳終於瞥了我一眼。

「話說回來，怎樣，妳交男朋友了嗎？」

「我怎麼可能會有那種東西？」

「那喜歡的人呢？」

「沒有，我已經不知道要怎麼認識男人了。」

「那妳還一直在講結婚結婚的？」

「妳先生能不能幫幫忙？」

「什麼忙？」

「我的結婚對象。」

「啊啊，這件事沒辦法。而且如果是認識的人會很麻煩還是算了吧。」

「可是我真的都沒有認識新對象啊。我能拜託的人只有妳，吼唷，真的啦，幫我想點辦法～」

我知道自己不是真心說這些話的，小柳也心知肚明。這是我們兩人喝多時一定會上演的小短劇。

然而，我犯了一個致命的錯誤。我在一個跟平常不一樣的地方開演跟平常一樣的小短劇。只有在美晴喝酒時我會避免發酒瘋，當然，是不想讓父親看到自己的醜態。

我做好會被念「不要任性」或是「不要給小柳添麻煩」的覺悟，戰戰兢兢地抬頭。神奇的是，老爹別說沒有生氣的樣子了，不知為何反而還帶著憂愁的目光盯著我不放，緩緩上菜。

「吃吧，先吃東西，打起精神。妳現在就是吃。」

馬鈴薯沙拉。過去，我曾經在這道菜身上感受到店長的影子，並大聲指責那是美晴墮落的證明。我小心翼翼將新生美晴的代表菜放入口中。

幹——超好吃！

最先在口中擴散開來的，是馬鈴薯本身的清甜。這種傲視群倫的飽滿清甜，是北明馬鈴薯還是印加覺醒呢？這道簡單的馬鈴薯沙拉乍看之下僅由馬鈴薯、小黃瓜以及少許火腿構成，以店家自製的美乃滋與胡椒鹽調味，卻無法輕易糊弄我這從小吃老爹料理長大的舌頭。我在只憑美乃滋絕對無法呈現的濃郁風味深處，尋到了一絲幽微的奶油香。

而比奶油香氣更值得一提的，是白松露帶來的衝擊。老爹的廚藝真的進步了。他絕沒有因為白松露是高級食材，就只是無趣地削一削灑上去。剛才，他將某個東西切成了小方丁。暗藏在馬鈴薯旁的白松露，才是這道馬鈴薯沙拉的核心與本體。

清甜與濃郁在舌尖上交融。我的口中是一整片北海道豐饒的土地與義大利阿爾巴綿延不盡的綠意。這是味覺上的日義同盟，日義之間應該從未有過如此牢不可破的關係。哥倫布在我的舌尖上展開偉大的航程，終於在日出之國見到了雪舟先生（註3）。呃，我不是很確定就是了。

不論是馬鈴薯還是白松露，都美味得令人捨不得嚥下，想永遠咀嚼下去。思及此，一串淚水冷不防滑落臉頰。

「老爹，謝謝你。」

我緩緩放下筷子擠出聲音道。我確實收到了老爹蘊含在這一盤馬鈴薯沙拉裡的熾烈心意與訊息——

不要留下遺憾！該做的事就去做！盡可能地嘗試，即使如此還是腐朽凋零的話，到時候，我會緊緊擁抱妳的殘骸。

「好好吃，真的好好吃，我會加油的。」

一回神才發現，店長的影子已從馬鈴薯沙拉身上消失。

老爹一聲不吭，默默擦著眼角。

小柳看著我們這對寡言的父女，只是低頭哭泣。

註3　雪舟先生：活躍於十五世紀中期至十六世紀初的日本畫家，有畫聖的美譽。

那天回家時，老爹開了一張天價的帳單。
「開什麼玩笑！美晴什麼時候開始會敲客人竹槓了！」
老爹聽見我的抗議，也臉紅脖子粗地道：
「妳才開什麼玩笑！混帳東西，這些幾乎都是原價！」
「哪裡是原價！我看錯您了！」小柳也加入戰局。老爹反駁：
「少瞧不起人了！松露切丁用的量是刨片的三倍喔！那一盤沙拉原價足足超過一萬圓。這已經算便宜了，混帳！」
無論如何也難以接受的心情與一種莫名的神清氣爽同時在心中交雜，我任由酒意久違地……應該說幾乎是第一次，在社群平臺將所有內心話傾倒而出。
『請讓我在今晚，在今晚那罕！』
『容我今晚一吐為快！』
『敬告世界！這是默默無聞的書店店員反擊的狼煙！』
我以充滿錯字的宣告為開端，將自己對小柳傾吐的心情，也就是抱怨、不滿和焦慮，全數丟給了網路上那些也不知道自己究竟認不認識的人們。
隔天早上，當我在連自己怎麼回來也不記得的三鷹便宜公寓醒來時，全身上下每個毛細孔都爆出了冷汗。
喝酒就不准碰網路！據說，這是某搞笑藝人事務所嚴格灌輸新人的觀念。

不過，這個觀念恐怕不只搞笑藝人，也不限於藝人，而是全體人類都適用。

我實在很介意自己有沒有犯下什麼滔天大錯，帶著近乎肯定的不安，壓著悶痛的腦袋，從被窩中伸出手臂拿起手機。

令人慶幸的是，我並沒有提及「武藏野書店」這個特定名詞或自己是在吉祥寺店工作的「谷原京子」，也沒有說「我是大西賢也《雖然店長少根筋》的原型」。雖然那些「結婚到底是什麼？」、「我的另一半在哪裡？」的哀嘆令人打從心底嫌棄，但我暫時放下懸著的一顆心。

帳號的粉絲人數一個晚上少了三人，變成七十六人。嚴格來說，這是失去六人，莫名新增三人後的數字。以六名粉絲為代價換到的，是一種久違的解放感。我在現實世界裡向小柳大肆埋怨了一番，又在虛擬空間中以匿名書店店員的身分囉哩巴嗦、抱怨個沒完。

這樣就夠了。轉換心情意外迅速是我的隱藏優點。我在小得不能再小的浴缸裡放入暖呼呼的熱水，只浸泡下半身，讓自己大汗淋漓，盡可能消除前一晚的酒意，與全身上下每一分水腫後前往書店上班。

店長對著這樣的我出聲道：「我有個祕招，沒問題，我不會害妳。」

一瞬間，我不知道店長在說什麼。我這幾天有找他商量什麼事嗎？就在我尋思的下一秒，心頭用力跳了一下。

「請等一下，您是指什麼？」
店長只是露出一抹得意的笑。
「沒事，妳就放一百二十個心吧。」
不不不，真的求求你等一下！我對店長口中的「放心」沒有任何好印象。大部分都是他一個人橫衝直撞，掀起滔天巨浪，最後不知為何由我承受那些深受其擾的人的白眼。
曾經，我差點被眾人討厭，也差點辭掉工作。店長能夠露出得意的笑容一定都是在問題告一段落之後。他不會在位於風暴中心時試圖察覺問題，而是在問題大致解決後擺出一副凝重的表情多管閒事，帶著無畏的笑容翻舊帳，將快收束的狀況推入混沌之中。
「什麼沒事。我真的沒有任何問題。店長的那個祕招就請繼續當個祕招，留在心底吧。」
還是說怎麼回事呢？是不是我以為的「放心」跟世人普遍的認知有所不同？「放心」的意義其實不是「無憂無慮」，而是「翻出舊帳，快收束的狀況落入混沌，惶惶不可終日」？
我朝一旁架上的字典伸手，接著終於取回理智。不對不對，我現在該思考的不是這個問題。眼下的重點是，店長到底是在擔心我的什麼而說出了「我有祕招」和「放一百二十個心吧」這種話。

這傢伙，該不會推敲出我的社群帳號了吧？

「店長，請問——」

店長立刻伸手阻止我開口，嘴上說著：「沒事，交給我，保證沒問題。」英姿煥發地轉身離開。

這個人曾以創作歌手為目標。然而，只要是武藏野書店的老員工，所有人都知道店長是個超級音痴。我聽不出他轉身時嘛嘴哼的是什麼歌。

哼、哼哼、哼哼哼……♪總覺得很像是〈瓢蟲森巴（註4）〉，我不禁誠摯祈禱是自己聽錯了。

在那之後的幾週，我絲毫不讓自己懈怠，處處提高警覺，時時繃緊神經。店長的箭不知何時會從何處射過來。我將五感提升至前所未有的敏銳，即使是細微的變化也凝神以對。

我宛如遭他人附身，只要柱子後傳來迷路孩童的哭聲便迅速趕去引導，面對神明A的不滿保持和緩心態，以猛烈的氣勢向總公司或經銷商申請配書，對

註4　瓢蟲森巴：日本七〇年代婚禮上的經典歌曲。

神明B的抱怨不為所動。疾如風，徐如林，侵略如火，不動如山。

其他店員沒有背地裡喊我一聲武田信玄實在太不可思議了。不，因為是「背地裡」所以才沒傳到我耳裡吧。總而言之，我以驚人的緊張感面對工作，磯田和其他員工以及神明C這些老客人都稱讚「谷原小姐最近狀態非常棒」。

所以，我才鬆懈了一下嗎？不，我不這麼認為。如果說我那樣叫大意的話，這個世界也太殘酷了。

我只是在看書罷了。由於久違的早下班又適逢剛發薪，錢包難得有餘裕，我便在超市買了三罐最近很喜歡的罐裝調酒和下酒菜回家。

我忍住喉嚨的飢渴，先打掃家裡還洗了衣服。儘管麻煩得要命，卻也還是卸了妝，洗好澡，在萬全的狀態下打開罐裝調酒的拉環。

接著，我抓起加了美乃滋的炸魷魚腳，翻開期待已久的書籍——第二次的《Stay Foolish Big Pine》。

由於最初發現這本書的磯田不斷推薦我：「看第二遍會覺得更厲害，妳趕快看！」因此即便家裡還沒看的書和累積的作品樣書堆積如山，我還是在幾天前翻開了《Stay Foolish Big Pine》。

我本來就覺得這本小說很有趣，但就如磯田所說，看第二次時除了有趣又增添了「厲害」的感覺，察覺到看第一次時沒注意到的各種安排。在知道最終結局的情況下閱讀，便能明白這個故事是在多麼嚴謹的計算中成立。

從每一段別有深意的描寫，理解馬克江本這個新進作家在斟酌字句上是多麼細膩敏銳。

我明明不記得自己開過冰箱，但一回神，三瓶罐裝調酒已空空如也，買回來的小菜也吃得一乾二淨；我以令人想不到是看第二次的專注……不，應該是遠勝於第一次閱讀時的專注一頭栽入小說中的世界。接著，劇情終於漸入高潮，也就是來到我第一次閱讀時感動不已的第五章。

當故事揭露之前讀者以為是主角的角色不過是配角，認為是配角的人才是真正的主角，世界由白轉黑時，別說是最近對店長的疑惑了，我甚至忘了此時此刻自己的存在。

結果，這應該被判定為「鬆懈」嗎？神明為何這麼快就決定拋棄我了呢？

一旁的手機連響了兩次。我對那聲音不太有印象，覺得是宣告某種事物即將開始的鈴聲。儘管努力想將注意力帶回故事，卻又莫名介意。

我不經意望向牆頭的時鐘，凌晨十二點，是正適合故事開始的時間。腦海剛浮現這個想法，手機便立刻像是故障似地叫了起來。

「咦？是怎樣？太可怕了吧。」

我在空無一人的房間裡發出柔弱少女的低呼。我強忍恐懼拿起手機。

『你有新的粉絲！』、『你有新的粉絲！』、『你有新的粉絲！』、『你有新的粉絲！』螢幕遭同樣的訊息文字淹沒。

為什麼？此時，我對於發生了什麼事毫無頭緒。我雙眼圓睜，愣愣地打開了社群平臺的ＡＰＰ。果然，雖說現在是網路最熱鬧的時段，我的河道上卻充滿了老爹的貼文。

老爹今晚最早的自言自語是晚間十一點半的這則：『感謝大家！粉絲終於突破一萬人！』

大概是同時湧進的按讚數令老爹心情暢快吧，沉默片刻後，老爹一口氣發了好幾則內容：

『請讓我在今晚吶喊！』

『神樂坂美晴受到大家喜愛，請容我今晚一吐為快！』

『敬告米其林！這是默默無聞的廚師反擊的狼煙！』

掌心的汗水多到我懷疑自己怎麼沒有因為握著手機而觸電。雖然暫時感受不出嘲笑的意味，但老爹一定是刻意模仿我前幾日的發文。

之後，老爹接連不斷發出靈魂吶喊。『我之前會介紹神樂坂其他餐廳不為別的』、『就是想擴展粉絲和獲得更多追蹤』、『我一開始就設定目標是一萬人』、『我有個心情無論如何都想和一萬名粉絲分享』、『不過，在那之前請容我說一句話』、『我做的菜比我介紹過的任何一間餐廳的任何一道料理都還好吃！』、『我誠摯靜候各位的來訪』……

期間，我的手機仍舊不斷出現通知『你有新的粉絲！』這肯定跟老爹後來發的文脫不了關係。儘管事態緊急，我仍慢條斯理地滑動螢幕。

接下來是連續三篇附帶照片的貼文，全都有著驚人的按讚數，威力滿點。

第一篇的文字是『新菜：高野豆腐千層派佐香川縣烏魚子及炭烤五花』，再附上看似該道料理的照片。老實說在我看來，只覺得照片裡的東西像某種神祕的黏土造型，但「看起來好好吃！」、「不愧是師傅！」等稱讚卻排山倒海而來。

第二篇的文字是『美晴的反擊狼煙，大快朵頤的兩位暢銷作家』。附加照片上是大西賢也亦即石野惠奈子小姐與另一人。由於照的是背面無法確認長相，但感覺是洋溢年輕氣息的女性。

我沒聽石野小姐提過她有作家朋友，更別說是這麼年輕的女生。那個人真的也是作家嗎？是不是老爹搞錯了呢？重點是，老爹把照片上傳到社群平臺有取得石野小姐同意嗎？我從來沒看過石野小姐那麼駭人的表情，一點也不像是在「大快朵頤」。

此外，這張照片有某個地方令人介意得不得了。究竟是什麼讓我耿耿於懷呢……這個模糊不清的疑問因為下一篇發文瞬時被拋到九霄雲外。

看到那則發文的瞬間，我的腦海跑起走馬燈，播放各種老爹的畫面。

我從還是喊「把拔」的時期開始就很喜歡老爹。老爹雖然花心卻深愛母親，我從懂事起，便熱愛吧檯有他和母親坐鎮的美晴。

腦海裡是我學從前在美晴工作的師傅第一次喊出「老爹」的那一天、高中畢業典禮上哭得比所有畢業生還大聲的老爹、當我大學畢業成為書店店員後老爹對我說的溫柔話語，還有相反的，當書店店員生活與夢想有所差距，我抱怨不停時他丟給我的嚴厲教誨。

打破種種光景的，是距今已有十一年、母親火化的那日。老爹對著棺材說話的身影掠過眼前。

「美晴，交給我吧。我保證會讓京子幸福，妳就放心在天上守護我們吧。孩子的媽，謝謝妳。美晴，真的謝謝妳！」

原來如此。也就是說，老爹認為的「女兒的幸福」就是這麼回事。就像在表示對亡妻說的那些話是伏筆般，老爹的最後一則貼文是這麼寫的：『急徵女婿！本店相親，免參加費。配對成功後立即供應三餐，並附上本店所有權！』

這則貼文也附了一張照片──不，是影片。

令人不敢置信的是，老爹附上了那部遭任意剪輯的「超級店員T小姐暴怒：『公司的老二好硬！』（笑）」影片，並加上一句：『這是我最心愛的女兒，請轉發分享』。

老爹不明白社群媒體的可怕。要是當年，這是可以提出告訴的。應該說，如果我有那個意思，是真的可以把老爹從這個社會上抹除掉吧。

我做好心理準備看了自己的帳號，粉絲數量一口氣增長到三百人。

這就是一萬粉絲的威力嗎？「不，不對……」我自言自語道。

就算老爹承認「超級店員T」是女兒，急徵「T」的老公，我的粉絲也不會增加。因為老爹並沒有將「超級店員T」和帳號「飛蛾撲火」串聯起來。

有某個傢伙做了這件事——？

我帶著這樣的推論翻著老爹的社群平臺，瞬間便找出來了。有個人相當勤奮，將每個回應父親的網友或是按讚的人一一引導至我的帳號。

這就是那個男人說的「祕招」嗎？多麼聚沙成塔的作業啊……我半是佩服地在腦海中描繪那道身影。

男人的帳號名稱是「吉祥寺君主」，看著「42000」這壓倒性的粉絲數字，我不知該如何解讀。

叮、叮叮、叮叮叮……♪

獲得粉絲的通知音效，精采地演奏著〈瓢蟲森巴〉。

第四話　雖然專務董事少根筋

店長正在挨罵。

「我記得，你是叫山本猛沒錯吧？」

四十歲有餘的大叔此刻像個打破玻璃的昭和少年聽著訓。

「我不是在指責你的錯誤，我的意思是我很不滿意你那種嬉皮笑臉的態度。」

被罵得狗血淋頭。

「你有認真在聽我說話嗎，山本店長！」

罵他的人是武藏野書店董事長最近才剛加入公司的獨子，傳聞中快要接班的專務董事。他的年紀鐵定跟店長相差無幾，穿著一襲看似高級不已的雙排釦西裝，戴著黑色方框眼鏡，瀏海上抹的油多得驚人，一身「THE六本木」的風采。

「是的，是的，當然當然！柏木雄太郎專務董事！您說的話，我，山本猛，一個字都沒聽漏！」

入社資歷即將邁入二十年、武藏野書店吉祥寺本店的資深店長頂著連公司內部謀求飛黃騰達的人也不忍直視的諂笑，邊以感覺只會出現在漫畫裡的方式搓手道。

「我的意思就是，你的那種行為讓我很火大！」

店長正在挨罵。

被專務董事罵得體無完膚。

專務董事毫無預警地在早晨的忙碌時段來到店裡。那是在朝會途中，店長滔滔不絕訴說他昨晚看的商業書如何又如何的時候。

專務董事雖然偶爾會巡視店面，但都是挑營業時間前來，最近也沒什麼看到他。

打從我挺身激烈反抗後，這是專務董事第一次來到店裡。自從我已經連自己在氣什麼都不確定，於書店營業時間翻著白眼高喊：「公司的老二不要在大庭廣眾下沒有分寸地失控！」那天以來，我一次也沒看過他的身影。

當自動門打開時，店裡的空氣瞬間凍結。專務董事本就是個易怒的人，此外，不管是那身看似高級的西裝，還是本人醞釀出的氣氛都與書店這個地方格格不入。店裡所有員工顯然都不知道該怎麼應付專務董事，就連我自己也還沒能為那件事向他道歉。

專務董事盤著手臂在店長背後默默參觀起朝會。與他相對的八名職員全都打直背脊，挺起胸膛。

店長很難得地發現了這個異常。雖然不論是自動門打開時也好或是專務董事到來也罷，他都渾然不覺，直到前一秒還是一如既往，帶著陶醉的眼神說著

「啟發」這個詞源自哪裡這種無關緊要的內容，結果卻像是受到吸引般地轉過身去。

「最近，我實在拿大家那股缺乏上進心的樣子很無奈。話說回來，我每天早上苦口婆心在講『自我啟發』，大家知道『啟發』這個詞的正確意思嗎？啟發這個詞啊，原本是《論語》中孔子說這不是柏木雄太郎專務董事嗎！」

如果我閉著眼睛的話，大概會以為「啟發」的正確意思是「《論語》中孔子說是柏木雄太郎專務董事」。

店長的切換就是如此優秀。從演講↓察覺↓回頭↓搓手↓靠近↓阿諛奉承……感覺只花了幾秒。

專務董事厭煩地壓著眉頭道：

「不用介意我。我只是想確認一點事情，並不想剝奪你們早晨重要的時間。」

幾句正確不已的話並沒有傳達到店長耳裡。

「不不不，您這是豈敢豈敢！柏木雄三專務董事都不遠千里來到這種店裡監察了，怎麼樣都得跟您打聲招呼才行。不，最重要的是，能不能恭請柏木雄三專務董事對這群傢伙說幾句話呢？」

專務董事的突然來訪或許讓這個人以自己的方式陷入混亂了吧。在這幾句寫在紙上應該就幾行字的話裡，充滿了好幾個可以吐槽的點：「豈敢」的用法、「柏木雄三」是雄太郎專務董事的父親，是董事長，以及就算退一萬步來說能接受「監察」這個詞好了，也無法當作沒聽到「這群傢伙」這個說詞。

專務董事則是對另一個詞有了反應，皺起眉頭。

「『這種店』……是什麼意思？」

專務董事的眼鏡似乎發出了光芒，店裡的空氣變得更加寒冷了。明白店長平日德行的我們自不用說，就連剛進來的十九歲工讀生弟弟也以祈禱的目光望向店長和專務董事。

很明顯，專務董事就快爆炸了。幾乎所有武藏野書店吉祥寺本店的員工都察覺到了這件事，唯獨領導我們的船長沒有要明白的意思。

「哈、哈、哈。這個嘛，就是您看到的樣子。我的意思是，感謝您來監察這麼『亂糟糟』的店。」

我以為自己在外太空。

此刻，四周的靜謐與窒息感，讓我懷疑自己是不是突然被丟到了外太空。

店長什麼都不知道。他自貶為「亂糟糟」的地方除了是他負責的店鋪，更是柏木家的店，也就是專務董事的店。

當然，店長沒有惡意。包含剛進公司的工讀生在內，我們所有人都明白這一點。

剛開始受到店長洗禮的十九歲弟弟曾經這麼說過：「只要把店長當成四歲小孩就很好理解了吧。我在學校念的是幼兒教育，應該沒問題。」

原來如此，店長這個人的確是想到什麼說什麼，任何感受都直言不諱。雖然我覺得四歲小孩可能更好溝通，但也莫名接受了這個理論。

專務董事雙眼圓睜。與上次緊咬著年輕店員不放時不同，這次顯然是專務董事更站得住腳。我才剛這麼想，專務董事便迅速看向我。

那彷彿詢問般的眼神氣勢驚人，我下意識點點頭。專務董事不知為何露出放心的微笑。

接著，專務董事開始厲聲訓斥店長：「如果這間店『亂糟糟』的話，那也只是這裡的負責人，你——自己亂七八糟。還有，你用『這群傢伙』是什麼說法啊？讓人很不舒服。這些員工並不是你的物品。最後，柏木雄三是我父親，我們公司的董事長，絕對不是專務董事！」

這是非常恰當的訓斥，一針見血將我的想法全都說了出來，暫且也沒有淪為情緒性發言，令人忍不住佩服地想：「這個人是那位專務董事嗎……」

至少，我收到了專務董事想表達的意思。不過有兩點我無法理解。

第一點是，店長一邊「嗯嗯嗯」、「喔喔喔」地誇張附和，一邊從圍裙口袋取出筆記本記錄著什麼。

我完全想不透那份筆記上到底寫了什麼。總不可能是「亂七八糟的是我自己」、「員工不是我的物品」這些東西吧？就連那感覺十分刻意的附和，都讓人忍不住懷疑是不是故意要惹專務董事更不耐。

店長每開口附和一次，專務董事的怒意便愈發高漲。我不明白的第二點，是專務董事每次開口要說什麼前都會看我一眼。

「等等，怎麼回事？專務董事在看妳吧？」站在我背後的磯田問道。

「哪、哪有，怎麼可能？」儘管嘴上這樣否定，我的想法也跟磯田一樣。

毫無疑問，專務董事剛剛有在看我。他的視線就像是在問「我可以去盪鞦韆嗎」的小男孩，而每當我像個母親般點頭表示「嗯嗯，可以喔」後，他果然就會露出安心的神情。

「不，他絕對有在看妳。是怎樣啊，好噁。」磯田嫌惡地說。

我放空思緒，眼神追著大喊「我記得，你是叫山本猛沒錯吧——」的專務董事身影。

我的人生，基本上就是哀怨每天的一成不變。早上起床，上班，耗損靈魂，下班。買小菜回家，邊喝酒邊看書，然後睡覺。毫無疑問，我就是這樣靜靜度過無聊的每一天。然而，我偶爾會很難得地這麼想：

所謂人生，真是難以預料——

早上，當我一如往常在三鷹塞滿書本的便宜公寓裡醒來時，想都沒想過自己會有這樣的夜晚。

就在店長被罵得狗血淋頭的那天晚上，我在六本木大樓裡的高空 lounge bar 俯瞰東京的夜景。

「來到這裡，總算是能大口呼吸了。」

人生真的是難以預料。那句跟我的人生八竿子打不著的話穿過我的身體，沒有留下任何共鳴與感動。

專務董事一臉放鬆，拿起玻璃酒杯。我雖去過酒吧之類的地方，但這大概是人生第一次看見別人喝白蘭地吧。

「對、對啊。」

我倒是覺得難以呼吸，彷彿要窒息。無論是隨便紮成丸子頭的頭髮，還是在東南亞選物店一見鍾情的八百圓洋裝，以及雖然相信帳單不用均分，但錢包裡只有四百圓的這件事都令人好怨恨。哪怕只有一絲絲也好，如果早上我在三鷹的便宜公寓裡醒來時，能料到今晚自己會在六本木大樓裡的高空 Lounge Bar 的話（當然，我不可能預想得到），就不會以這身打扮過來了。

到底是發生了什麼事讓我落到在這種地方喝酒的地步呢？我尋思今天一整天發生的事，想找出究竟是哪裡搞錯了。

早上，專務董事在員工面前訓斥店長一頓後依然沒有離開。

「我今天只是普通的視察。因為如果這間店有什麼問題的話，加以改正就是我們幹部的工作。」

就連這句在全體員工前的發言，不知為何感覺都像是在對我說的一樣。

以前，也有其他幹部來本店視察過幾次，雖然不像威權董事長那樣五分鐘內就結束，但無論誰來，也都是以迅雷不及掩耳的速度離開。

專務董事的手機比其他任何一名幹部更常響起，他會一一回覆信件，有時還會在休息室使用電腦或平板。總而言之，一眼就能看出其繁忙程度的這個人一定也會馬上就離開了吧。

然而，與員工們近似期待的預測相反，專務董事一直待在店裡。他到底是在看什麼呢？專務董事時而鉅細靡遺地檢查書架，時而試著從店門口環顧店內或是跟來店的客人攀談。

當然，他也沒放過員工的一舉一動。雖然不像從前那樣在營業時間念人，但只要一看到專務董事那凝神觀察、記錄些什麼的樣子，便令人精神耗弱。

有段時間，專務董事在左邊的柱子後做筆記，店長則在右邊的柱子後無意義地盯著人看。

跟我一起站櫃檯的磯田表示：「谷原，好像多一個人了耶……」

我沒有多加理會，厭煩地心想：「拜託，饒了我吧。」

結果，專務董事直到我下班為止都一直待在店裡。我隱隱約約有股不好的預感，沒跟大家打招呼便踏上回家的路。

但我並沒有成功甩開專務董事。該說不出所料嗎……當我小跑步奔馳在SUNROAD商店街上時，耳邊傳來了「谷原小姐！請等一下，谷原小姐！」這令人絕望的呼喊。

身邊的路人紛紛疑惑是不是在拍攝節目，開始尋找起「谷原小姐」，我因此無法無視那道呼喊。

我強按下「到底是怎樣啦！」的心情回頭。專務董事用力捉住我的肩膀。

「真的很抱歉，但我有些話想跟妳說。我已經預約了很熟的餐廳，能不能請妳稍微陪我一下呢？」

專務董事啜了口我沒聽過的牌子的酒，看向窗外。

「今晚的月亮——」

「什麼？」

「今晚的月亮真美。」

等等等等等等，不對、不對、不對。窗外清晰可見的東京鐵塔旁是朦朧的月亮，他只是在陳述這件事而已。

「對、對啊。月亮出來了。」

「與其說是出來，應該是很美吧。」

「是嗎？那個，我不是很清楚……」

專務董事歪著腦袋，似乎覺得不解。我才更覺得不解一百倍。在SUNROAD商店街被叫住，又遭人不由分說地塞進計程車，到達了人生第一次的六本木。頂著脫落得差不多的妝容和一身廉價的衣服，才剛走進跟此刻的自己一點都不相稱的飯店，便立刻又在料理絕對沒有老爹做得好吃，定價卻是美晴四倍左右的高級料理餐廳用餐。下個瞬間，我已一邊俯瞰令人頭暈目眩的東京夜景一邊喝著貴到爆炸的啤酒。

「專、專務，請問您要說的是什麼事呢？」

雖然可能是自我意識過剩，但我還是處處小心，避免氣氛變得太詭異。或許是因為價錢的關係，我沒有什麼喝啤酒的心情，也無法直視專務董事的臉。

專務董事噗哧一笑，緩緩將酒杯放到吧檯上。

「不是什麼重要的事，妳願意聽我說嗎？」

「是的，我就是抱著這樣的想法過來的。」

「謝謝妳。不過，真的是很小的事。」專務董事開始訴說的，是關於自己成長的故事。

創立武藏野書店的柏木雄三董事長有位前妻，但前妻並無所出，他也因此離婚，年近四十之際又娶了一位小自己二十多歲的妻子，兩人間的獨生子便是名為雄太郎的專務董事。

「我被家人捧在手心裡長大。雖然不知道在妳眼裡看起來是什麼樣子，但老爸非常疼我。我老媽也不是個有主見的人，基本上對父親言聽計從，所以也很寵我。拜此之賜，成長路上我沒吃過任何苦頭，自由自在地長大。」

專務以自嘲的口吻說道。我不知道該如何反應。只疑惑「這就是他想跟我說的話嗎？」無所謂有不有趣，也感覺不出自己有沒有興趣。

「這樣啊。」

「雖然不清楚是不是那份『疼愛』的延伸，但關於我未來的出路，他們也一次都沒有干涉。」

「這樣啊。」

「我從小就很彆扭，講坦白話，我過去壓根不想繼承書店。雖然書本在這個時代仍然十分活躍，但我對這些並沒有興趣。」

「這樣啊。」

「我的高中、大學都是自己選的。不管是出國留學、在美國矽谷前景看好的科技公司實習、回國創業沒多久後進入ＡＩ相關企業的潮流中，也全都是自己選擇的路。老爸真的沒有強迫我任何事，即使在老媽早逝後也一樣。實際上，我在之前那間公司也待得很開心，很早就取得內部創業的許可，也留下成績，每天都過得非常充實，認為自己獨立是理所當然的事。」

「啊，這樣啊。」我在連續幾個冷淡的回應後，第一次表現出對話題的興趣問道：「專務今年幾歲了？」

「我三十四歲了。」

「咦？這麼年輕嗎？」

「哈哈哈，妳的反應真直接。我看起來很老嗎？」

「不，我不是這個意思……不過，原來如此。原來專務才三十出頭啊。」

發現一直以為比自己年長許多的男人其實跟自己年紀相仿的事實後，腦海裡最先閃過的不是驚訝，而是想到店長對這麼年輕的人卑躬屈膝到那種程度，每次見面卻還是會挨罵，不由得心生憐憫。

專務董事露出滿意的微笑，緩緩看向窗外。

「我也曾想像過出版業不景氣的樣子，但沒料到會這麼嚴重。雖然不知道老爸在員工面前如何，但他經常表現出一種心灰意冷的感覺。」

「是這樣嗎？」

「是啊，現在說出來應該已經沒關係了，他這幾年真的很沒精神，也第一次跟我談到了工作上的事。」

「董事長怎麼說？」

「他說，我幾乎沒什麼東西能留給你。如果你有一丁點想要經營書店的願景的話，現在立刻打消這個念頭。」

「啊？」

「然後啊，他還邊笑邊脫口而出說『反正你很聰明，跟我不一樣。應該不會有那種想法吧……』那些話真的很無力，卻也很沉重。那一刻，或許是我有生以來第一次想像了老爸的人生風景。」

「原來是這樣。所以專務才會進我們公司吧？我之前一直覺得很神奇。」

終於進入正題了。就在我這麼想時，直到前一刻還束縛著我的繩子意外鬆了開來。

我不客氣地又點了杯隨隨便便就超過一千圓的啤酒喝下肚，甚至不由自主發出「噗哈」的感嘆。

「那個好喝嗎？」

我以輕鬆的口氣問專務董事。「嗯，非常好喝。這種酒在吉祥寺一帶不太容易看到，妳有興趣的話一定要喝喝看。谷原小姐看起來酒量很好的樣子。」專務董事也開心地喝下第N杯的白蘭地。

我們周圍流淌著一股神奇的放鬆氛圍。人在大意的瞬間很容易會被擺一道。這是我在武藏野書店任職後學到最多的一件事。

我輕啜著不熟悉的白蘭地。專務董事瞄了我一眼，開心地笑了起來。

「妳好像誤會什麼了。」

「咦？」

「妳誤會了。我老爸的話的確是很無力，我也因此有了些想法，但那並不是我決定繼承書店的原因。」

專務董事的表情和語氣和剛才沒有不同，但確實切換了一種氣氛。直覺告訴我，他接下來要講什麼不妙的事，我慌慌張張地想恢復原來的氣氛，專務董事卻快了我一步開口：「雖然有點可恥，但我活了三十四年來那是第一次。」

「第一次、什麼……」不可思議的是，我雖然這麼問，內心卻隱約可以猜到他要說什麼。

「第一次……被人那樣痛罵。谷原小姐，妳不是罵了我嗎？就像我剛才說的，我的父母幾乎不曾凶過我，所以我那天很受傷。受傷，但也有種得到赦免的感覺。同時，也為自己沒有看錯人鬆了一口氣。」

「沒有看錯人？」

「是的，那才是我想繼承家業的理由。老爸向我坦承內心的無力後，我去本店參觀過好幾次。參觀前我一廂情願認定書店的工作環境一定很死氣沉沉。實際上，也的確有數不清的地方需要改善，但我在裡面找到了。」

「找到什麼？」話一出口我便馬上覺得自己不該問。雖然我努力讓自己不要去想，但即使從我為數不多的戀愛經驗中也推測得出來。每當我沒興趣的人要向我告白時，一定都會將我拉進這種模式。

「那裡有一名戰鬥的女性。」專務董事表情誠摯，點點頭道。我已經說不出任何話了，專務董事也不期望我回應。

「我找到了能正確引導我的女性，也就是妳……谷原京子小姐。那就是我會進入武藏野書店最大的理由。」

回想起來，每次都是那樣。過去向我告白過的兩、三個人毫無例外，全都是我抓狂發飆過的對象。

怎麼回事？男人心中都在期望挨女人的罵嗎？那些我試著交往的兩、三個男人，每一個都有著嚴重的戀母情結，個性極度依賴，一天到晚發牢騷，全都交往不久。

從此以後，若有挨了我的罵之後眼神發亮的男人，我都會保持警戒。我並不喜歡「戰鬥女」這種稱號。至少，我希望將來哪一天遇到的伴侶看到的我，不是什麼奮戰的身影，而是楚楚可憐、惹人心疼的表情。

專務董事深吸一口氣。我不能讓工作的地方變得更難挨，不可以讓專務董事再繼續說下去。我搶先開口：

「我熱愛現在的工作。我進公司時書籍銷售就已經不容易了，所以對於前輩們經常掛在嘴邊的『出版業不景氣』也沒有切身的感受。但重點是，能在書本的圍繞下工作果然是件幸福的事。」

我不是信口開河，但的確隱瞞了對這份工作的一百個不滿，讓自己的眼神閃閃發亮。

專務董事不愧是專務董事，觀察力比店長敏銳太多了。

「妳這樣的人能這麼說，身為公司幹部我覺得很幸福。」

「我只是個小職員罷了——」

「那麼，谷原小姐有想過結婚嗎？」

「我還沒有餘裕考慮這件事。」

「果然了不起，一心一意工作到這個地步。」

「一心一意嗎……或許吧。雖然我每天都在思考自己工作的意義，但每次一走進店裡聞到油墨的香氣，那些雜念好像就都消失了。或許，這樣只是逃避問題，但我就是無法自拔地喜歡書。雖然感覺像是被人利用了喜歡的心情有點不爽，但我認為正是因為喜歡書，這份工作才能持續下去。」

我的話越說越順。對今天才第一次好好坐下來跟我說話的專務董事而言，一定覺得大部分的內容都莫名其妙吧。

儘管如此，專務董事果然觀察入微。

「最近有什麼有趣的書嗎？」

「有喔，我最近最推薦的，是一本叫《Stay Foolish Big Pine》的小說。作者叫馬克江本，是新人作家。」

「哦，我完全沒聽過。」

「我也這麼想。目前真的只有一小部分的人知道，讓人很心急。我和店裡告訴我這本書的女生一直在思考要怎麼推這本書。」

「妳說的是磯田真紀子小姐嗎？」

「咦？好厲害。專務，你記得大家的名字嗎？」

「當然記得啦。目前姑且是記到最後進來的那位工讀生，廣原龍太郎。」

「哇，這真的讓人有點尊敬耶。」

「好說好說。然後呢？那本《Stay Foolish Big Pine》哪裡有趣？我雖然對經營書店沒興趣，卻是經營書店的老爸帶大的。別看我這樣，我很愛看小說。」

專務董事有些喃喃自語地說，接著，從皮製包包中取出那本他經常拿在手中的筆記本。

雖然不是很確定筆記本封面上「vol.8」的意思，但應該是指進入武藏野書店後的第八本筆記本吧。

如果是這樣的話，那真的很值得尊敬。發現自己快要對專務董事產生感情後，我甩了甩頭。

「那本書真的很厲害。平常，我如果先稱讚太多優點的話，被推薦的人看的時候往往會失望，所以我不想講太多——」

「喔！谷原效果。」

「咦？」

「我當然也有看大西賢也的《雖然店長少根筋》。如果說『好看』，將門檻拉太高的話就會變成『也沒那麼好看』，如果說『無聊』降低門檻的話，則會變成『意外很有趣』。雖然書裡寫的是『谷口效果』，但我猜實際上應該是叫『谷原效果』吧。話說回來，那本書好厲害，也寫了很多老爸的事。」

「第三章對吧？」

「嗯。〈雖然敝公司董事長少根筋〉。」

「總覺得很抱歉。」

「不用啦。妳根本不需要道歉，我反而覺得很痛快呢，感覺第一次認識了老爸身為經營者的那一面。我之所以想繼承家業，那本書果然也是其中一個原因吧。」

「那就好。」

「別說這個了，告訴我《Stay Foolish Big Pine》的事吧。」

「啊，對喔。那麼，我已經可以不用顧忌『谷原效果』來推薦了。總之呢，作者的手法很厲害。最讓我驚訝的是第五章，主角突然換了一個人。」

「主角換人？」

「沒錯，主角換人，完全顛覆原本的世界。讀者前面以為是配角的人突然成了主角，原本是主角的人變成配角。原本一到四章看到的世界從第五章開始轉瞬間變了一個顏色。」

「什麼啊，好強喔。感覺超有趣的，我一定要看！」

「嗯！專務要買書的時候，請務必蒞臨本店！磯田一定也會很高興。」

到頭來，我即使心懷不滿也仍持續當書店店員的原因就是這個。與喜歡書本的人談論喜愛的書籍比什麼都讓人開心。喜歡的人也喜歡自己喜愛的書籍是世上最令人高興的事。

不知不覺間，專務董事說話時拿掉了拘謹，我也消除了對他的戒心。無論是東京鐵塔抑或高樓霓虹，眼前的夜景都變得更加璀璨。不，夜景的光輝沒有改變，只是我眼前的陰影消失罷了。

「接下來的事，也請別說出去。」專務董事微微壓低聲音道：「我想，老爸近期就會退休了，之後應該會由我繼承武藏野書店。當然，我的能力還十分不足，可能也會給各位添麻煩。不過，為了在我們公司工作的大家也為了書店業，最重要的是為了在這個時代願意走進書店的客人，我想打造出美好的書店。」

「我很期待。雖然，大概很多事都會比專務想像的更辛苦，但請不要氣餒喔。」

面對我的玩笑，專務董事也打趣地聳了聳肩膀。

「等我成為公司的領導者後，有兩件想做的事。第一件，是在這條街上開設武藏野書店。」

「這條街指的是六本木嗎？」

「沒錯，我認為在這個時代，成立新店不失為中型書店的一種應變之道。與其跟以前一樣打些差勁的廣告，不如打造一間讓媒體無法忽視的風格書店。例如，看準疫情後的社會，打造能吸引外國人的店面。如果要這麼做的話，我認為就應該在象徵當代東京的區域開店，以目前來說，應該是六本木吧。當然，這不是即刻就要完成的目標。」

「是啊，這個話題的規模太大了，我有點無法想像。但如果是過去一直在這邊工作的您覺得有勝算的話，我想一定沒錯。」

專務董事訝異地攏起眉頭。

「我跟妳說過我以前在六本木工作嗎？」

「啊啊，沒有，我只是覺得以類型來說應該是六本木吧。不說這個了，專務的第二個抱負是什麼呢？」我連忙改變話題。

專務董事仍是一臉不可思議，但很快又重振精神微笑道：

「第二件事還不能說，但跟妳有關。總之，今天能和妳聊天真是太好了。很高興能聽到妳的想法。」

語畢，他將目光移向手錶。此時，董事長獨生子的立場與專務董事的頭銜已從這個男人身上消失，柏木雄太郎這個人變得立體起來。

奇怪，感覺好像不賴嘛……

我已經不想消滅這份湧上來的心情。

「這樣啊。那麼，我就抱持期待了。專務以後一定要告訴我第二個抱負是什麼喔。」

我緩緩看向窗外。
東京的夜月，看起來比剛才更加美麗了。

店長正在大鬧。
「我非～～常明白柏木雄太郎專務董事您的意思。可是啊，就算這樣，我也不是那麼老好人，只要是您說的事就照單全收！」
四十歲有餘的大叔此刻像個昭和時代撒潑的小孩，激動亢奮。
「你從剛才開始到底在說什麼啊，山本店長！」
專務董事額頭上青筋跳動。如今的他已將雙排釦西裝換成質感夾克，方框眼鏡改成柔和圓眼鏡，剃了一頭清爽的髮型。變身成「the 吉祥寺」風貌好一陣子的專務董事，已許久沒有這樣生氣。
店長不為所動。
「我是說，我非常明白專務董事您的意思！」
「這樣的話，你現在是在對我凶什麼呢？」
本店年紀最小的工讀生廣原龍太郎站在我身旁，睜著圓圓的眼睛問：「我的想法跟專務董事一樣，店長到底在氣什麼？」
我這個三十二歲的正職員工忙著手上的事嘆氣道：「別看，小心被波及。」

我嘴上一邊提醒可愛的十九歲男同事，一邊暗自反省這場鬧劇的罪魁禍首應該就是自己。

當我人生中第一次前往六本木，喝了不熟悉的白蘭地後，隔天，大概是因為前晚與專務董事間的談話還有些飄飄然，被店長瞧出了不對勁。

「咦？谷『岡』京子，發生什麼事了吧？妳今天早上心情很好呢。昨晚發生了什麼事？」

我和店長到底相處幾年了呢？我非常慌張，沒有理會事到如今店長還會叫錯我名字的這種事。

「啊？怎麼突然這樣說？嗯？沒有發生什麼事啊。」

「不不不，谷『山』，妳以為我們相處幾年了？我可沒老眼昏花到會忽略可愛下屬的異樣喔。」

明明就老眼昏花，忽略了無數重要的公事，卻唯獨在這種時候特別敏銳。

「真的什麼事都沒有。不說這個了，店長，我掌握到一些有價值的情報，你想不想聽呢？」我一心想改變話題，說出了連自己都意外的話。

店長的眼睛迸出詭異的光芒。

「有價值？呵呵，還真令人好奇。是什麼情報呢？」

「專務董事喜歡的員工類型。專務董事看重怎樣的員工，想提拔怎樣的人，店長有興趣嗎？」

「當然囉。」

店長是個不顧羞恥心，野心勃勃想飛黃騰達的人。果然，他已經臉不紅氣不喘地打開筆記本，舔了舔筆尖。

我壓下嘆息道：「聽說，專務董事喜歡戰鬥的人。」

「戰鬥？是什麼意思？」

「我不是曾經對專務董事抓狂發飆嗎？」

「嗯，就是說公司的老二怎樣又怎樣的那次吧？在社群媒體上引發廣大討論，很低級的那個。」

「那不重要。不過，我當時的態度似乎讓專務董事留下了好印象，很認可我的樣子。」

「這又是為什麼？對那種不恰當的言論？」

「所以說啊，他好像是欣賞我的鬥志，認可那種不畏強權的態度。」

「原來是這樣啊，這的確能理解。我也覺得以自己的下屬而言，妳的那種魄力十分可靠。原來如此，戰鬥的員工啊。」

今天，是我和店長那番談話後專務董事首次來訪。店長似乎一直將我說的話銘記在心，也誤解了表現戰鬥態度的方法。

專務董事望著店長的視線始終冰冷。
「我再問一次，你現在是在對我凶什麼呢？」
店長的臉上依舊掛著無所畏懼的笑容。
「我不是在凶您，只是想讓您看看我的氣魄。這就是我的戰鬥態度。」
「我完全聽不懂你在說什麼。」
「我的意思是，我想讓您看到如果有必要的話，我這個人對誰都能直言不諱。無論對方是我的上司還是下屬，是作者還是客人都無所謂。我不是懦夫。」
「不，我認為對方是誰很重要。所以我問你，你現在到底在講什麼？」
「我不是已經說好幾次了嗎？我是面對強權也無所畏懼的人！」
「我就是在問你沒有畏懼什麼！」
「啊啊，真是的——！」
腦袋感覺要沸騰了。店長和專務董事同時看向我。我分別朝一臉「為什麼會說不通？」的店長和困惑「這個人到底是怎麼回事？」的專務董事用力搖頭，傳達「暫時先停手吧」和「跟他認真說話沒用」的意思。此時，幸運地來到了朝會時間，兩人空虛的爭論終於宣告結束。
店長在眾人面前不停乾咳。就算戴著口罩，我也希望他能盡量克制。每當店長這樣乾咳的時候，我一定都會想起某超級電腦那幅模擬畫面。

對我而言，某超級電腦就只是用來模擬飛沫擴散路徑的機器。第一次在新聞中看到那強烈的畫面時，我頓時明白那已在自己腦海留下了深刻的印象。果然，之後每次店長乾咳時，我的眼裡就會清楚看到那些紅色黃色的粒子。

店長不理會一大早便精神委靡的我，今天依舊滔滔不絕，侃侃而談。

「如同我經常說的，我們是戰鬥的團體！」

店裡鴉雀無聲，專務董事一臉狐疑。店長露出謎樣的笑容像是在說：「真是的，饒了我吧。大家還不懂嗎？」

店長一一環顧七名員工，無奈地嘆氣。

「各位還是老樣子這麼害羞，真拿你們沒辦法。要我說幾次才懂呢？無法珍惜晨間時光的人，不可能對抗出版不景氣的浪潮。好嗎？那麼，我們是戰鬥的團體！」

說話期間，店長像是要彰顯什麼似地頻頻瞥向專務董事。

「那個，谷原姊，這是不是要我們必須跟在後面說的模式啊？」廣原低聲問道。「我以前在這種類型的居酒屋稍微打工過所以知道。我想，店長的意思是要我們跟著他說。」

「廣原，你後來為什麼辭掉那份工作？」

「為什麼……」

「是不是因為無法融入那間店的氣氛呢？如果是的話，很對不起。你不用擔心沒關係。」

我也有類似的經驗所以很明白。我不會說自己是因為那樣才會在書店工作，但我大學時期第一次打工的連鎖西餐廳老闆，不同於時尚的打扮，是個強調精神毅力、重視上下關係的「體育會系」，無論在營業時間或是打烊後，一律要求員工保持笑容與洪亮的聲音。

面試時我就聽過這件事。「谷原同學，妳的活力可能有點不足。妳還年輕，工作做不好也是情有可原。不過即使沒有經驗，應該也能發出洪亮的聲音才對。這些笑容和活力，一定能將妳從實力不足的困境中解救出來。」當時，年輕店長的這番話甚至讓我大為感動。

然而，無論是擺出笑容或是發出洪亮的聲音，我不擅長的程度都令人絕望。上班的前三天，我被迫面對這個事實無數次。

最痛苦的是，將近十名與我年紀相仿的工讀生個個精力充沛、活力十足。他們經常鼓勵我，總是會說：「谷原，加油。」、「谷原，笑容、笑容。」即使工作上犯錯也沒人會責怪我。

店裡的朝會演講不知為何每次都會點我，從他們的角度來看是「為我好」，無論我分享多少連自己都覺得無聊至極的內容，大家也會為我鼓掌。

當然，我沒有絲毫要否定這些事的意思。那些人無庸置疑都是好人，看起來有很多朋友，私生活也過得十分充實。

然而，每當他們笑著對我說「笑一下吧」的時候，我便覺得自己漸漸忘了該怎麼笑，為自己好像缺乏某種人類重要的東西而絕望。我曾質疑自己難道連笑都不會嗎？在老家的洗手臺前拚命練習笑容，看著自己扯出來的難看笑容嚎啕大哭，甚至驚動了老爹。

最後，我不到一個月便辭去那份打工。起因是某天上班前我遠離眾人，一個人獨自看書這件事。

當時，工讀生中的女領班過來問我：「谷原，妳從剛才開始就一個人在這裡做什麼？」不知為何，我非常心虛，一邊說著「啊，對不起，因為我有本書想看一下」一邊迅速藏起手上的書籍。

遠方傳來了笑聲。一位總是擔任眾人開心果的前輩說：「看什麼書啦！」其他夥伴也一塊起鬨道：「谷原就是這樣才很陰沉。」、「看書會變得更陰沉喔！」

領班雖然沒跟大家一起笑卻一臉為難。她以開朗的聲音說：「看書的話，一個人的時候再看就可以了吧？現在先來大家這邊吧，這樣一定比較開心。」

領班長得十分漂亮又會照顧人，就連剛進來的我也感覺得出來，她是不分男女、所有工讀生憧憬的目標。

幾天後，當我得知領班念的是一所聽都沒聽過的大學後，便決定辭去這份打工。

因為，我察覺到鬆了一大口氣的自己。我陷入嚴重的自我厭惡——原來，我的個性這麼惡劣。我很確定，如果再繼續待在這間店，總有一天我會真的再也無法原諒自己，變得更加不知道該怎麼笑。

笑容、活力、洪亮的聲音當然都是工作上很重要的事。我並沒有要不顧一切，說辦不到的自己是正確的。然而，就算這些事對許多人來說輕而易舉，但當時的我只要不開心就笑不出來，狀況不好就拿不出活力，最重要的是，每次被迫這麼做時，內心便愈發憂鬱。

經過那段時期後，我變得極度害怕別人強迫自己做什麼。無論是想讓員工露出笑容也好，拿出活力也罷，上層的人應該要先努力創造出那種環境才對。如果有一天我成為管理階層的話，我想打造一間充滿大家自然笑容的店。

「不用說對不起啦……」廣原驚訝地望著我。儘管有察覺到他的視線，我仍是看著前方點頭表示：

「你絕對不用跟在後面喊。如果店長強迫你做什麼的話，我會保護你。」

這是我說過最豪情萬丈的話。專務董事瞥了我一眼，像是表達他聽到了般走近店長。

「好了，已經夠了，山本店長。」

專務董事將手放在店長肩上，就像在說不需要他了一樣。店長不敢置信地側著頭說：「不不不，柏木雄太郎專務董事，我想讓您看的朝會現在才要——」

「你沒聽到嗎？我說已經夠了。這種東西一點意義都沒有。」

專務董事的話重重落下。他將目瞪口呆的店長推向後方，站到眾人面前。

專務董事對工作一直很嚴格，但我從來沒看過他露出這麼凶狠的神情。這也是他第一次像這樣在朝會時間站在員工面前。我嚴陣以待，心想他是不是要宣布什麼重要大事。

不只是我，磯田、山本多佳惠、廣原還有店長都一樣。所有人都提心吊膽地看著眼前的狀況。

專務董事連咳都沒咳一聲，開門見山道：「今年年底前董事長將會引退，由我繼承武藏野書店。我的實力還相當不足，可能也有很多地方會扯大家後腿，還請大家務必助我一臂之力。我衷心期盼各位的表現，也請各位多多指教。」

所有人都屏息看著深深鞠躬的專務董事。沒有因這番話而動搖的，只有事前已經聽過類似內容的我與不知為何一臉泰然的店長兩人。

年底的意思代表只剩不到三個月。從創業時期便持續經營公司的第一代即將退位，由過去一直覺得書店工作沒有發展性的第二代接班掌舵。

一股與書店格格不入的緊張感籠罩在周圍。專務董事的眼睛幾乎沒有眨一下，繼續淡淡說道：「目前，只有部分幹部知道這件事。我認為，在告訴總公司的員工前應該先傳達給各位知道。」

「為什麼？」磯田不自覺出聲。

「妳的為什麼指的是哪一部分呢？磯田真紀子小姐？」專務董事刻意喊出磯田的全名回問道。

「啊，抱歉……我的意思是，為什麼先告訴我們呢？」

專務董事像是覺得沒什麼大不了似地哼笑道：

「當然是因為武藏野書店是一間販賣書籍的公司啊。我認為，在本店工作的各位可說是在第一線為我們拚命的同志，先告訴各位才合理吧？」

這個回答大概出乎磯田的意料，她不僅啞口無言，甚至眼泛淚光。專務董事又恢復了嚴肅的神情。

「接下來，我想一一聆聽大家的不滿和期望。請讓我知道，儘管薪水絕對不算高，但各位還是選擇留在這裡工作的原因。我是真心想成為一位能盡量貼近員工的經營者，因此，也希望各位能盡可能向我敞開心胸。」

我驕傲地望著專務董事。雖然董事長遺傳下來的固執一定會讓他招致許多誤解，但這樣的人經營的書店，應該不會變得比現在還糟。

專務董事的話還沒說完。

「接下來這件事可能會讓大家不太高興，但我個人已經決定要重新改裝本店。其實，我原本也想過要在另外一區成立新店鋪，但這個計畫為時尚早，所以這次先以改裝本店的方式進行。時間訂在明年開春後，我打算規劃兩週左右的改裝期，目標打造出一間吸引媒體、凸顯武藏野書店新生的店面。這部分我也想多多採納各位的意見，請大家再跟我說。啊，還有一件事——」

專務董事一口氣說完，接著目光灼灼地看向我，我輕輕點頭。如果是現在，無論什麼話應該都能確實傳達到大家心裡。我帶著這樣的心情點頭，為專務董事打氣。

然而，專務董事不知為何卻沒有接著說下去。在互相凝視彼此的眼睛一會兒後，專務董事率先撇開眼神。

「不，那件事還是先緩緩吧。目前我想先跟大家說的是，我對各位抱有高度期待。今後，讓我們為武藏野書店，甚至是出版界一起努力吧！」

「好！」

開店前的書店宛如盛夏的棒球場，響起了整齊一致的應和聲。

專務董事終於滿意地彎起了雙眼。

從途中開始便獨自遭到排擠的店長則是吆喝著：「好了，好了，大家今天也打起十二萬分的精神上場吧！我們是戰鬥的團體喔！」

那聲音蒼白、空虛地迴盪在空氣中。

「谷原小姐，我有很重要的事要跟妳說，妳近期有空嗎？」

朝會結束後，專務董事立刻來到正獨自整理書架的我身邊問道。果然要來了嗎……心臟在胸腔內劇烈跳動。

六本木那夜後的一個月以來，我雖不是翹首以盼，卻也覺得這一天遲早會來。為了隨時接受專務董事的開口，我稍微留心了自己的服裝，也不因戴口罩而對妝容馬虎。

我之所以會長達一個月持續這麼不像自己的舉動沒有其他理由，就是想確認那天夜裡心中萌芽的衝動，確認自己或許正倒向專務董事的心意與感情。

「今天晚上嗎？我——」

專務董事有些無力地側著頭，打斷我的話。

「不，在跟妳談之前我想先整理好各種狀況。」

「狀況……？」

「嗯，因為這不只是我們兩個人的問題，也得先向老爸報告才行。可能的話，我也想跟店裡的大家說。畢竟還是希望能好好獲得祝福。」

我知道自己現在臉頰發燙。我不認為專務董事在六本木 Lounge Bar 說的那份心意有假，卻對自己為何能令他一心一意到這個地步感到不可思議。我比任何人都清楚，自己是個平凡人。

「我不是專務董事想像中那樣的人。」

「事到如今幹麼這樣？別再說這種話了。」

「但是不是再更了解我一點比較好呢？」

「不不不，我一直都在看著妳。」

「就算這樣，我希望你也能看看工作時間以外的我。要跟爸爸報告果然還是有點太早了。」

稱不久前自己還視為死對頭的董事長為「爸爸」讓我臉頰泛紅。專務董事一臉不明所以。

「不，就算這樣還是得先向老爸報告才行，他這個人很頑固，但我希望他能歡迎妳的加入。」

專務董事真的是個非常單純、坦率又重視家人的人。此刻，他的眼睛看起來比以往任何一刻都還燦爛。

「我知道了。那麼，我就靜待專務下一次的邀約。」

在此之前我也必須堅定自己的意志才行。我已經有背負柏木姓氏的覺悟了嗎？我當然覺得太快了，但要向董事長這個他唯一的親人報告，就代表了那個意思。

專務董事露出爽朗的笑容。

「嗯，謝謝妳。我想應該不會太久。我會再約妳一次，到時候請多多指教了。」

從那天起直到專務董事真的邀約我的那兩週裡，無論白天還是黑夜……這樣講好像有點太誇張了，但總之我的腦海裡一直都是專務董事。

包含他要向董事長報告這件事在內，占據我最多心思的，是好奇專務董事會跟我說什麼。但更令人介意的，是專務董事在準備我們的事情前，開始和本店的員工面談。

我沒聽說專務董事跟大家談了些什麼。他似乎表示「要親自跟其他員工說」，請大家保密。店裡的人之間也瀰漫著一股躁動不安的氣氛。

此外，大家對我也有股說不出的見外。雖然專務董事總不可能跟大家說「我決定和谷原小姐交往」，但面談後的夥伴們不知為何都會遠遠地看著我，磯田和專務面談後甚至幾乎不太和我說話。

在大部分的人瀰漫緊張氣氛的情況下，唯獨武藏野書店引以為傲的「山本二人組」山本多佳惠和山本猛表現出不同的舉止。

山本多佳惠結束面談後直接走到我身邊說：

「谷原姊～恭喜妳～真是太好了呢～」

我想不出山本多佳惠道喜的原因，壓抑高昂的心跳，謹慎詢問：「恭喜什麼？山本，專務和妳說了什麼？」

山本面不改色地回答：「啊，不可以說～專務說要保密。」

「什麼保密，既然如此──」

「可是，我舉雙手贊成～我覺得很適合妳。我也有跟專務說『我支持』。谷原姊，真的恭喜妳了～」

山本露出沒有惡意的笑容，我忍不住想查查字典上「保密」的意思。到底是什麼「很適合」又「恭喜」呢？專務董事真的沒有跟大家說要交往的事嗎？我想像得到的只有這件事。

讓原本已經夠混亂的我更加困惑的，是店長跟專務董事面談後的態度。

磯田和大部分的同事是突然變得疏遠，山本是莫名其妙地跑來道賀。店長的反應則跟他們明顯不同，不知為何突然開始對我釋放敵意──谷原京子，那件事不能先處理嗎？妳再不俐落點的話我很傷腦筋。谷原京子，這件事的進度怎麼樣了？妳如果只會一個指令一個動作的話會做不來喔。谷原京子、谷原京子、谷原京子——

店長會故意跑到我跟前，一下將本來他負責的工作接二連三地丟過來，一下又冷嘲熱諷。

說穿了，那幾乎都是無理的要求。起初，我還猜他和專務董事間是不是發生了什麼事而感到不安。之後，不安漸漸轉為憤怒，覺得無論專務董事對店長說了什麼，他都不該用這種態度對我。

「搞屁啊！這些全都是你自己的工作吧！雖然不知道發生了什麼事，但不要放棄自己的工作！」

就在我差點對店長大吼的那天，距離那場朝會過後兩個星期，專務董事終於來找我了。

「谷原小姐，讓妳久等了，我已經完成所有準備作業。妳最近有空嗎？」

我對專務董事也已經一肚子火。雖然不知道他背地裡偷偷摸摸在做什麼，但託他的福，我一直如坐針氈。

「您指的是工作結束後的時間對吧？」

專務董事和其他人的面談是上班時間在休息室進行。

「對，沒錯。因為我覺得必須跟妳好好談談。」
「這樣的話，我今天可以，就今天吧。」
「咦？今晚嗎？這太——」
「我一直在等專務董事，這不是您個人的事，我也有自己的考量。我已經等不下去了。」
一股冰冷的沉默降臨在我們之間。我知道附近的同事都在看我們，神奇的是，我卻一點也不在意。
專務董事嘆了口氣，看向感覺昂貴的手錶，最後下定決心似地點頭道：
「好，我可能會稍微晚一點，我先訂位。雖然大致上的情況妳都想像得到，但今晚我想在餐廳裡好好跟妳談談——關於我們的未來。」
專務董事在訊息中告訴我的，是間位於吉祥寺大街上的義大利餐廳。雖然感覺不是我能自在進出的店，卻也不像上次的餐廳那樣散發高不可攀的氣息，讓我鬆了一口氣。
「是柏木先生的名字……」我只說了這幾個字，女服務生便順利理解，帶我來到位於店裡最深處的包廂。包廂內不知為何擺了四人份的餐具和酒杯，空氣中出現了不尋常的緊張氣氛。

「其他幾位貴賓稍後就到，在此之前，請您隨意。」

我不明白突然出現的「其他幾位貴賓」是什麼意思，但女服務生彷彿不允許我發問似地翩然離去。

我茫然地望著菜單一會兒。意思是，除了我和專務董事，還會再有兩個人過來嗎？該不會是董事長要在場見證吧？咦？今天是我也必須帶老爹過來的日子嗎……？有一瞬間我甚至認真思考了這樣的事。

大腦徹底當機。沒辦法，我翻開帶來的書本。神奇的是，無論多麼痛苦的失戀或是母親剛過世時，我唯一有辦法做的事只有看書。有一次我跟小柳提起這件事後，她愉快地笑著說：「這就是妳的特長吧。要是我根本看不進去，文字會一直跑掉。」

果然，我一下子就進入了第三輪的《Stay Foolish Big Pine》世界。為了能隨時和專務董事談論，我一直將這本書藏在包包裡。

所以，我遲遲沒察覺到身邊的異常。當我不經意回神看向身旁時，只見一名大約幼兒園年紀的男孩打開了包廂門，一臉不可思議地盯著我瞧。

「嗯？弟弟，怎麼了？媽媽呢？」我以在店裡發現迷路孩童時的語氣詢問對方。

男孩不知為何一副受不了的神態聳聳肩說：「什麼怎麼了？我問妳好幾次

了，妳就是谷原京子嗎？」

「啊？」

「啊什麼，妳聽不見嗎？」

「熊介！你在幹什麼！」一名隨後才出現的女子急急忙忙摀住男孩的嘴巴。我忘了男孩的存在，著迷地看著那名女子。

女子小巧的臉蛋搭配應該有一七〇公分的身高格外引人注目。無論是那頭鮑伯頭或是她身上穿戴的一切都是那麼高雅，渾身散發明亮的氣息。甚至，還能感受到一股溫柔善良。

咦？這是怎麼回事？現在是什麼狀況……？

女子看來是男孩的母親，在她的示意下，男孩心不甘情不願地自我介紹：

「我叫博牧熊介。五歲。」

「咦？」

「咦什麼？妳為什麼每次都要這樣回問別人啊？」聽到熊介不客氣的言語，女子笑容依舊，語帶威脅道：「喂，小鬼，夠了喔。」

她帶著那道微笑改對我說：「谷原小姐對不起，這孩子太囂張了。我是柏木的太太，由香里。外子平日受妳關照了。」

熊介一臉挑釁地抬頭看著我。太太……？我拚命壓下回問的衝動。

我慢慢回望男孩，倒抽了一口氣。眉眼一模一樣。雄三、雄太郎，再來是雄介嗎？

終於，「博牧熊介」在我的腦海裡換成了「柏木雄介」。

由香里小姐似乎也是這間店的常客，她跟剛才那位女服務生愉快地打了招呼後甚至開始為我點餐。

「谷原小姐有不喜歡吃的東西嗎？」

「沒、沒有。」

「是嗎？那我就隨意點了。這裡除了義大利麵和披薩，肉類料理也很好吃喔。反正是那個人的錢，我們就大吃特吃吧。」

我們以剛才先點的啤酒乾杯，開始了神祕的餐會。由香里小姐始終帶著愉悅，對我拋出工作上的話題，我戰戰兢兢地回應。雄介則是意外安靜，邊看繪本邊拿東西吃。包廂裡的緊張感一點一滴慢慢消散。

話雖如此，我還是不明白這到底是場什麼樣的聚餐。本來，我以為今天是和專務董事單獨談話，更進一步說的話，是以為他要向我告白。

我從來沒聽說專務董事已婚而且還有小孩。如果是這樣的話，那他說的「也得先向老爸報告才行」是什麼意思呢？山本多佳惠口中的「恭喜」指的又是什麼？還有店長那突如其來的敵意……？我怎麼想都一頭霧水。

我竭力佯裝冷靜，卻無法徹底隱藏內心的不安。

「谷原小姐對不起喔，我們突然這樣不請自來，妳果然覺得很困擾吧？」晚餐開始約一小時後，由香里小姐低聲道。

由香里小姐是個很會吃也很能喝的女生，年齡至少比專務董事大五、六歲，約莫四十歲上下，感覺十分可靠，加上迷人的笑容，若不是在這種情況下相見，我一定很快就能和她親近起來。

「不，我沒有……」我雖這麼說，後頭的話到了嘴邊卻又止住。由香里小姐露出幾不可見的淺笑。

「那個人在下重大決斷時，有時會像這樣希望依賴我的判斷。但他的眼光幾乎都沒有問題，到頭來感覺只是想有人推他一把罷了。」

「那個，不好意思。專務董事到底對我——」

由香里小姐似乎沒聽到我脫口而出的話語。「啊，那本書！」她喊道，表情瞬間亮了起來，將手伸向桌邊的《Stay Foolish Big Pine》。

「啊，由香里小姐看過這本書嗎？」前一刻還壓在心頭的煩悶瞬間消失，興致不自覺地高昂起來。

由香里小姐彎起狹長的眼睛說：「這本書很好看，雖然是柏木推薦我才開始看的就是了。很厲害的一本書，厲害而且精采。」

「對吧對吧！」

「第五章很驚人吧？」

「前面四章全都反轉了，對不對？」

「嗯嗯，主角在第五章不是突然換人了嗎？該說是主角還是觀點人物呢……總之我真的超意外！完全顛覆了前面四章的世界觀。」

「然後也突然揭曉書名的意義了對不對？」

「嗯嗯，沒錯。這一點也很棒。」

由香里小姐不斷感嘆著「真的很好看」，一邊迅速翻過書頁道：「聽說這本書是妳推薦給柏木的對吧？」

「是的，我非常希望專務董事能看看這本書。」

「柏木一臉開心地說是公司員工跟他推薦的，很難得看到他談工作時那麼興奮。」

「原來是這樣啊。」我回應，心裡卻想著風馬牛不相及的事。由香里小姐講「柏木」時，跟前中日隊棒球選手——落合博滿的妻子講「落合」的時候感覺很像，我覺得非常棒。

腦海中的想法不小心脫口而出：「好棒喔。由香里小姐講『柏木』的感覺跟落合的太太講『落合』時很像，我覺得非常棒。」

「嗯？什麼？落合？」

「咦？啊啊，對。前中日隊的落合選手……那個，我是說博滿……不是英二……」

我恍然回神，雙頰發燙。什麼「不是英二」啊……我忍不住吐槽自己。

由香里小姐臉上調皮的笑意愈發濃厚，在與我四目相接後，立刻像是再也忍不住似地爆笑出聲。專務董事便是在此時來到包廂。

專務董事訝異地盯著不知為何捧腹大笑的妻子接著又望向我。心臟撲通撲通，高聲跳動。我絕不會向任何人坦承，自己今天是帶著聽告白的準備而來。我以為單身的專務董事不但事先取得了父親的同意，甚至可能已經告訴員工我們要交往的訊息，準備向我表白。而我則是煩惱著該如何回應。

不，老實說，我是帶著接受的打算而來。專務董事對工作的專注認真超乎我的想像。我想，若是這個人，或許可以一起追逐共同的夢想。

我的眼眶突然發熱。竟敢玩弄女人的感情——宛如敗犬的不平貫穿我的胸口。

我努力睜大眼睛，告訴自己絕不能哭。事已至此，就聽聽看專務董事「想說的話」是什麼吧。如果是什麼隨隨便便的事，我絕不原諒。你這公司的老二……我帶著這樣的心情，不停瞪著那雙眼睛。

專務董事大概是輸給了這股壓力，再次將視線轉回妻子身上。由香里小姐收下專務的眼神，一邊切著餐後甜點的蛋糕邊「嗯、嗯」地點了兩次頭。

「我覺得很棒。你的眼光沒有錯不是嗎？」

我不懂由香里小姐的意思，正打算出聲「不，等一──」

結果本來在看繪本的雄介阻止我，也同意道：「爸拔，我也覺得可以。」

「你為什麼會這樣覺得？」專務董事神奇地歪著腦袋問。

雄介理所當然回答：「因為她很愛很愛書。她本來完全沒心情跟媽媽說話，但一講到書表情就變了。」

專務董事佇立原地，重新望著我。事到如今，我仍然抹不掉那種像是「獲得家人公開認可，以新女友的身分接受鑑定」的感覺。

專務董事緩緩眨了眨眼，終於入座。緊接著，他拋出了完全出乎我預期的話：「谷原小姐，很抱歉讓妳焦慮不安。不過，我想妳可能已經有所察覺了。妳還記得上次吃飯時我說的話嗎？我說，等我成為公司的領導者後有兩件想做的事。」

「我記得。第一件是在六本木成立新店鋪對吧？這部分最後以改裝本店的形式進行。第二件事您說還不能說，但跟我有關。」

沒錯。所以我才以為他要表白。專務董事以由香里小姐的紅酒潤了潤喉，不疾不徐地點頭。

「嗯，沒錯。其實，我本來是想把六本木店交給妳。」

「……什麼？」

「這件事雖然沒辦法實現，但明年過年本店改裝後，我想直接任用妳……谷原京子小姐為武藏野書店吉祥寺本店的店長。所有事先知道這個消息的員工都表示很歡迎。妳只要抬頭挺胸打造一間自己的店就可以了。」

現任董事長父親的同意、磯田和其他同事們見外的態度、傻妹山本多加惠說的「恭喜」、妻子由香里小姐的品鑑、兒子雄介的評論……覆蓋的牌面一張張掀了開來。

「請、請等一下。您說店長……」

雄介用力嘆了一口氣。

「所以我說谷原啊，不要重複同樣的話啦。」

「可是，我，店長……」

「這件事已經拍板定案了！妳不要一堆廢話，給我下定決心，妳是女人吧？」一點也不可愛的雄介道。

由香里小姐大快人心地幫我拍了一下他的頭。

你這個小專務……不，是不久後的公司老二吵屁啊！心中的不滿因由香里小姐的舉動瞬間消散。

此刻，我的腦海裡掠過六本木那晚後各式各樣的畫面。在周遭的反應幾乎都有了解釋後，唯有一個人的行為莫名其妙。

「谷原小姐？」

由香里小姐的聲音離我遠去。也就是說，那是嫉妒嗎？以往看輕、甚至當成家犬的員工受到自己始終無法攻克的上司寵愛，準備從過去執著的地位超越自己。那副昭和時期的惡婆婆嘴臉，原來都是因為對這件事的妒忌。

谷原京子、谷原京子、谷原京子——

令人不快的尖銳嗓音迴盪在腦海裡。

啊啊，真是夠了！店長真的蠢死了！

我望著眼前一家三口和樂融融的幸福景象，拚命壓抑大吼的衝動。

第五話　雖然新店長少根筋

如果一本小說想以第一人稱描寫「天才」的話，多半會出現漏洞。這是理所當然的。因為天才就是以我們這種隨處可見的凡人難以想像的思慮、想法和行為確保其天才的性質。如果一介讀者如我們，理解了那種思慮、想法和行為，「天才」便會失去天才的性質。

同理，如果一個故事試圖以第一人稱描寫「心理病態」也會失敗。這是理所當然的。心理病態之所以為心理病態，就是有我們這些心地善良的人無法想像的異常。即使想同理那份異常來寫故事，應該也不會順利。

我將最近蔚為話題的戀愛小說《從肯亞的角度來看那種距離是鄰居》放回書架上，伸了一個大大的懶腰。

此時，工讀生山本多佳惠向我搭話：「啊啊，店長～結果你站在這裡把書看完了嗎～？身為一名書店店長，這種行為不是很令人苟同耶～話說回來，那本書怎麼樣？好看嗎～？」

面對超級樂天派山本多佳惠的提問，我堅決忽略。

「咦咦～！等一下，店長，我不是喊你了嗎？為什麼不理我～？啊，難道是因為我沒有清楚加上名字所以在生氣嗎？那，我換個叫法喔。山本猛店長～」

「我說，山本多佳惠──」雖然我下定決心在本人察覺到自己的過錯前都要無視對方，但本性善良如我，還是無法堅持到最後。「妳一直把我當店長的話我會很傷腦筋。過年後，我的職位就會變成店長助理了。當然，我沒有心懷不滿。就算薪水更動，我的權限也沒有消失。無論如何，我絕對不是對新董事長柏木雄太郎和公司的打算有怨言。」

這種重要的事一開始就必須先說清楚，講明白，否則可能會出現子虛烏有的懷疑，說我執著於店長之位，甚至是嫉妒新店長。

我從以前就很照顧山本多佳惠，但並非因為我們同姓。武藏野書店吉祥寺本店的員工不知為何聚集了一堆怪人，在這些人之中，山本多佳惠是少數頭腦聰明，不用多說便能理解我意思的員工。

「啊啊，原來如此。我好像能理解您想表達的意思～」

山本多佳惠的聲音聽起來比平常更舒服悅耳。

「妳能理解嗎？」

「是的是的，我能理解喔～也就是說，店長您……啊，對不起，是店長助理您並不是因為嫉妒谷原姊，所以才在這裡賭氣對吧～？」

「就是這樣。」

「但如果是這樣的話，您最近是為了什麼在賭氣呢～？」

「我沒有在賭氣。」

「您有在賭氣喔～其他同事也都說您最近很不好相處～然後，雖然不是很清楚原因，但大家好像覺得我跟店長的感情很好……啊，又錯了，我指的是我和店長助理您。因為這個關係，他們就推我當代表來問一下您賭氣的理由～店長助理您平常不是總是笑口常開、心胸寬大又十分可靠嗎？我最喜歡那樣的店長助理了，所以現在看到店長您……店長助理您這樣的表情，有點難受呢～那個，因為職稱有點長，請允許我之後就只說『助理』了～話說回來，『助理您』聽起來好像『布朗尼』，有點好笑呢～」

不愧是我特別照顧的員工，既為夥伴著想，又能言善道。雖然「助理您」和「布朗尼」這部分我不是很認同，但認真想改口新職稱的態度令人感動。還有能夠毫不害羞地說出最喜歡我這件事也是，年紀輕輕卻值得讚賞。

我的嘴角不由自主透出笑意，心情卻無法暢快。直到山本多佳惠提出來前我從來沒想過，原來，我看起來像在賭氣啊。

我當然沒有在嫉妒誰，對公司的考量應該也沒有怨言。即便如此，身旁的人仍然這麼覺得的話就只有一個理由。那就是我不是在賭氣，而是憤怒。

我緩緩將視線轉向櫃檯。我在山本多佳惠之前收的愛徒……我未來的主管就在那裡。

我私底下稱呼為神明A、B、C的三位書店常客將那人團團包圍。谷原京子以求救的眼神看向我。

妳不能永遠這麼依賴我。不是妳自己耍了無數小聰明從我手中奪走了武藏野書店吉祥寺本店店長的寶座嗎？總是毫無自覺，手忙腳亂……

啊啊，新店長實在太少根筋了！

我氣呼呼地撇開頭。書架上許許多多的書本擄走了我的注意力。油墨的香氣飄過鼻間。到頭來是這個啊。從小到大，將我從痛苦中拯救出來的，永遠都是這些成千上萬的故事。只不過……

哪怕是我這個身經百戰的超級店員，當然也會有幾個弱點。其中之一便是從小，我只要去書店就一定會想上廁所。關於其中的機制，我已經聽過千千萬萬種的論述卻沒有一個能讓我心服口服。

直到現在，我只要上班就會想上廁所。

這真的可以說是我唯一的弱點。難道，這是上天給我的試煉嗎？我一邊思考一邊快步邁向廁所。

我並非從懂事起就被稱為「神童」。我出生於神奈川縣的橫濱市，老家是幢位於山丘上的獨棟房子，飄著淡淡的海水味，總是瀰漫嚴肅的氣氛。日本文學學者的父親與擔任圖書館員的母親始終沒有子嗣，在接受當時還很罕見的不孕治療七年後，得到的成果便是我。

雖是夢寐以求的身孕，母親卻深受害喜之苦，長時間感到噁心、倦怠。在跨越這些難關後接踵而來的，是妊娠毒血症。父親和母親都認知到，這是他們最初也是最後的孩子。

聽說當初日本文學學者的父親想為好不容易獲得的寶貝獨子取名為「奮迅」，隱含的心願是「獅子奮迅，希望孩子將來能成為一個勇猛威武的男人，突破社會的驚濤駭浪」。圖書館員母親哭著抗議：「從來沒聽過有人叫什麼山本奮迅！感覺就像天生要面臨驚濤駭浪一樣！」

最後父親母親為寶貝獨子取名為「猛」，賦予他滿滿的愛。不，或許可以說是過度的愛吧。兩人不說話，只灌輸我閱讀的態度，這就是他們的教育方針。父母親用背影表示——猛，我們沒有什麼東西能教你，想學習在這個社會上生存的智慧、學識和各種價值觀的話，答案就在你自己身上。請透過眾多書籍，與自己的內在對話。

儘管如此……不，或許是正因為如此，當時的我沒有辦法喜歡書本。還是小學生的我想要的不是狄更斯、赫曼赫塞、井伏（註5）或卡夫卡，說我目光短

註5　井伏鱒二為日本知名文學家。

淺也罷，我只想要一家人團聚在一塊。

山丘上的獨棟房子裡充滿了緊張感，彷彿連港口的汽笛聲都能聽見。因此，我尋求一個家裡以外能大口呼吸的地方——學校。

硬要說的話，當時的我是個內向的孩子。豁達、機敏、可靠或是幽默這些構成今日的我的要素，都還沒有傳達給周遭知道。

不過，我很早就察覺到了自己的特性。小學一年級的同樂會更是讓我意識到使我成為今日自己的最大優勢。那次同樂會，我不幸被抽中上臺表演。其他中籤的同學有的唱歌，有的跳舞，稍微伶俐的孩子則是表演魔術，各自拿出了看家本領。

雖然身邊的人都還沒發現，但我從那時起在歌唱、跳舞甚至是魔術方面的表現都超乎常人。如果我和大家表演一樣的內容，顯然會傷到他們的自尊。

因此，我選擇了模仿。老實說，在那之前我並不知道自己還有這種特殊才藝。這也是當然的。誰能想到一個能歌善舞甚至會變魔術的人，還有那種特長呢？就某種意義而言，那原本是我對班上同學的禮讓。

就這樣，我模仿了班導清川瑤子老師，出乎預料博得滿堂采，清川老師本人也開心得眼眶泛淚。

「謝謝、大家。真的是、謝謝、大家喔。」清川老師給人的印象就是說話快、嗓音高、很常用「、」講話。我以稍微誇飾的手法模仿老師的口氣到最後一刻，又認識了自己另一項潛能。

我本來就擅長綜觀全局，審時度勢。我想成為怎樣的人呢？我覺得怎樣的人才有魅力呢？我開始用那樣的觀點觀察同學。

然後，我找到了一個人。那人既非班長西田也不是很會打棒球的小平，而是一個叫做丸谷武智的男生，硬要說的話，是在教室裡很沒存在感的一個人。

我很難用一句話來形容丸谷武智的人格特質。有人或許會說他認真，也有人會形容他很冷淡或是善於迎合他人，就算有人說他是個怪人也很合理。像那樣不斷變化形象就是我憧憬他的最大因素。我想成為那種別人看不透的人。

從那時起，我便開始在生活中模仿丸谷武智。不只在學校，即使在家裡或是獨自上學的路上，我都隨時以丸谷武智的樣貌行動。

我和丸谷武智萌生友情的契機無他，就是某天本尊突然開口跟我說話。

「欸，山本猛，你在模仿我對吧？我一直都知道。我是在知情的情況下看著你那樣。你從小一的冬天就一直在模仿我吧？」

當然，我知道丸谷武智會用全名喊別人。我啞口無言。丸谷武智眼神朝上盯著我，受不了地哼了一聲。

「想裝蒜也沒用，我手上有數不清的證據。」

既然他已經點破就沒辦法了。我本來就不打算隱瞞，啞口無言也不是因為被人指出自己在模仿，而是因為丸谷武智這樣找我說話是在六年級的初秋。

他讓小一冬天就得到的發現靜靜躺了將近五年之久。

「竟然一年又一年地持續模仿別人，你的執念不是普通的深耶。」

丸谷武智得意低笑道。我想將這句話原封不動還給他。我們兩人以這天的對話為開端，一起度過了漫長的時光。

我在母親的期盼下，被安排參加完全中學制的私校考試。「我也跟你一起去那間學校好了～」丸谷武智調皮地吐舌道。他之前並沒有做任何相關準備。我要考的學校，是三大名門中學之一，從四年級就開始準備了。我承認丸谷武智很有實力，但此時心裡閃過的想法卻是「少瞧不起人了！」

丸谷武智看穿我難得火大的內心。

「咦？你是不是不高興？」

「不高興？不高興什麼？」

「是一路努力至今，不希望朋友獲得跟自己相同或是超越自己的成果？」

「不不不，我沒那樣想。如果能跟你念同一間中學就再好不過了。我們一起加油吧。」

我雖然伸出右手表示善意，卻仍然怒火中燒。事情才沒那麼簡單。你辦得到的話就試試看啊！回想起自己一路以來累積的努力，我完全不相信自己會輸給丸谷武智。

然而結果揭曉，準備時間僅僅不到半年的丸谷武智，漂亮地進入了明星學校的窄門。不，我也考上了，所以我們之間並沒有所謂的輸贏。儘管理智上明白，內心卻不知為何有種落敗的感覺。

我感到一股隱隱約約的恐懼。難道，一直模仿丸谷武智的自己今後做任何事都要繼續望著他的背影嗎？而這份預感，雖不中亦不遠矣。

進入K學園後丸谷武智跟小學時一樣，除了我以外沒有特定來往的同學，但他也沒有故作高傲，只是淡然地過日子。

另一方面，我則是一個勁地唸書。我心想，至少要有一樣具體可見的東西贏過他，一樣就好。

即便如此，我仍然贏不了丸谷武智。我永遠是全學年第二名，他是第一。國中畢業直升上高中後，這個結構也沒有改變。不，當我的名次遭成績優秀的外部入學生擠下，逐漸下滑時，丸谷武智就算一邊玩樂團也依然維持穩定的成績。

升上高二時，丸谷武智或許是放棄我了，就連我也不太常聊天。我當然感到心慌，另一方面卻也鬆了一口氣。這樣一來，就不用再受到無謂的傷害了。我帶著這樣的信念，決定向唯一的朋友放棄我這件事妥協。

這個時期，我像是填補內心空白般地大量閱讀各種書籍。另一方面，丸谷武智大概是決定追求更高的目標，切換到考生模式，振筆書寫的時間多了起來。他一個人在隔壁班，臉上的表情彷彿要吃人似的，令人不敢輕易搭話。

我呢，則是除了閱讀對其他事都提不起勁。不，正是因為明白丸谷武智開始認真唸書了，我才無法產生「自己也一起」的想法。我決定要和他上不同所大學，取得更進一步的安全感。

我嚮往著可以不用在意丸谷武智的人生。然而，丸谷武智卻不肯放過我。高二暑假結束的隔天，空氣中開始飄散丹桂花香氣的那一天。

「早安，山本猛，你終於來啦。」

在秋高氣爽的上學時間，一直等在校門口的丸谷武智說道，臉上是久違的笑容。

「咦？啊啊，早。」

我不禁手足無措。丸谷武智不可能沒注意到，卻一副迫不及待的樣子。他要我跟著他，把我帶到了這個時間還空無一人的圖書館。

「怎麼了，丸谷武智？」

丸谷武智拉開厚重的遮光窗簾，明亮的晨光灑了進來。他背對著陽光，雖然看不清臉上的表情，卻可以知道他在笑。

「我有樣東西想讓你看看，應該說，讓你讀。」

當丸谷武智這麼說時，我隱隱約約可以猜到些什麼。更正確來說，是腦海裡升起一股不好的預感。

果不其然，丸谷武智從書包裡拿出了大概幾百張的稿紙。他連翻都沒翻，將稿紙塞到我懷裡。

「這是？」

我深呼吸，命自己想辦法冷靜。

「是小說。我第一次嘗試寫的小說。總之，你願意看看嗎？」

瞬間，我無法再看著一臉自豪的他，視線轉向手中的稿子。那是書名嗎？第一頁的稿紙上寫著《我們環繞，我們的舞臺》，沒有署名。

我無法壓抑胸中激動的情緒。我發現這股情緒的背後，是自己已經好幾年沒有感受過的憤怒。

「好，就讓我拜讀你的小說吧。」

我壓抑那股情緒，正欲快步離開，身後卻傳來丸谷武智悠哉的聲音。

「如果你覺得我的小說能勝過這裡的書——」

那彷彿懇求般的口氣很不像丸谷武智。「然後？」我不自覺停下腳步。丸谷武智回過神，眨了眨眼睛。

「啊啊，抱歉。那個，我可以說些幼稚的話嗎？」

「當然。」

「就是啊，這世上有一大堆書對吧？即便是這所不怎麼大的學校裡的圖書館都有這麼多書。就算我從今天起下定決心每天看一本書，大概到死也看不完。這世上現存的書籍應該是這裡藏書的好幾千萬倍，而且每天都還有新書出版。儘管如此，我心裡的確還是有著想寫些什麼的欲望。很莫名其妙吧？我覺得這樣的自己很厚顏無恥——」

「等、等一下……厚顏無恥？」

我忍不住插話。這不僅不像平常強勢的丸谷武智會說的話，我甚至不懂他的意思。

「厚顏無恥是什麼意思？想書寫創作什麼的心情很厚顏無恥嗎？」

「是啊。」

「為什麼？想要描述、形容事物的心情應該是人類很根本的欲望吧？」

「是嗎？我剛才也說過，世上已經存在著成千上萬的書籍，明明沒有看完那些書卻覺得有些東西只有自己才寫得出來，大概是這種心態讓我覺得很傲慢吧，覺得那只是高估自己。」

「抱歉，我完全聽不懂。」

「人們是因為相信『自己』這個人的價值，所以才能泰然自若地寫文章，是種自戀的行為。至少，我就是這麼不齒寫作這件事。然而，令人驚訝的是，原來我自己也有那樣的欲望。從想嘗試寫些什麼的念頭開始到真的動筆後，我體會到了人生前所未有的暢快，完稿的瞬間甚至還有種接近高潮的快感！」

「為什麼原本那麼不齒寫作的你，會有『嘗試』的念頭呢？」

丸谷武智目不轉睛地盯著我，不久，他不以為意聳了聳肩道：「因為我怎麼等，你都沒有動筆的打算。」

「咦……？」

「你以為我沒發現嗎？你對我產生優越感的瞬間，一定都是在談論文學的時候吧？當你說著契訶夫、杜斯妥也夫斯基或是托爾斯泰時，會明顯露出瞧不起我的樣子。」

丸谷武智繼續淡淡道：「我沒有特別覺得不舒服，反而因為察覺到你對我的自卑而很痛快。然後不知道從什麼時候開始，我心想著，啊，這個人是打算未來要寫作的人，卻也是永遠都不會動筆的人。『深信自己能寫作並擁有那份價值才是身分地位的象徵』，我再也無法忍受好友被這種無聊的思想控制。就某種意義而言，我是帶著引渡你的想法開始寫作的。」

丸谷武智亮出王牌說完後，從剛才到現在第一次露出害羞的微笑。

「我可以拜託你一件事嗎？」

「什麼事？」

「我想請你用坦率的心情閱讀那份稿子。除了小說，這世上的創作無論如何都會面臨觀眾的挑三揀四吧？你告訴我的《罪與罰》、《齊瓦哥醫生》和《白痴》，要我批評多少就可以批評多少喔。即使書裡的內容、文筆或熱情之類的東西足以彌補那些缺點，人們也可以全部無視，給出煞有其事的批判。但我希望你這次能排除那種觀點。」

「為什麼？」

「首先，用那種觀點也沒有意義。這個作品本來就是寫給你的宣言，用無謂的嫉妒維持自我價值沒有意義。」

「還有呢？」我壓抑滿腔的情緒，示意丸谷武智繼續說下去。丸谷武智的臉上失去了笑意。

「還有就是，大概是因為我相信你看小說的眼光吧。老實說，這部分連我自己也還不是很理解，是種類似深信不疑的心情。過去你推薦給我的小說全都很精采，每一本都令我大受感動，有些甚至改變了我的人生。雖然只是間接的關係，但是你改變了我的人生。」

丸谷武智的一字一句都重擊著我的胸口。我甚至無法好好判斷心中紛亂的情感是感動、亢奮或是驚愕。

丸谷武智目不轉睛地看著我說：

「我希望你用最純粹的心情閱讀這本小說，如果你覺得自己被我打倒的話，請你不要留戀，放棄寫作。」

「等一下。」

「然後，我想請你以編輯為目標。如果你說我寫的東西有價值我就相信你，繼續寫下去。我希望你能成為那個支持、陪伴我的人。」丸谷武智最後又補充道：「你的才能應該不是寫作。而且，作家一年也就寫一、兩本書吧？但如果是編輯，一年可以為這個世界獻上十本、二十本書籍。就像你告訴我那麼多書一樣，繼續將這些書傳達給世人應該才是你的天職吧？」

我重新看向手上那疊紙。老實說，就算不看內容我也很肯定，這份原稿將會傷害我。

丸谷武智說得沒錯，我隱隱約約相信自己是「未來要寫作的人」。這個想法讓我在面對充滿不確定的未來時，感覺有了完整的保障。這本《我們環繞，我們的舞臺》，以跟我們同世代的高中生為主角，就是這種看穿我內心的膚淺、打擊我的小說。

起初，我翻動稿紙的手指不停顫抖，但一回神才發現，自己已經沒有自卑的感覺了。我咬著脣瓣，心無旁騖看著眼前的文字。午餐時，我一個人離開教室在廁所隔間裡閱讀，上課時也背著老師偷看，全然沉浸在小說的世界裡。

就這樣，當我看完整本書後，癱在房間的書桌前望著天花板。自己是怎麼回家，又是什麼時候吃飯的記憶全都模糊不清。結果，我當天一口氣就看完了全部的原稿。

「好厲害，真的好厲害。」

我一個人在房裡喃喃自語。這不是輸贏的問題，辯證自己是否能寫得出來的心情也消失無蹤。身體裡殘留的，唯有看完一個強大故事後的興奮感。我坐立難安，卻也有好一陣子站不起身。

我有股想立刻和別人分享這個故事的衝動，另一方面，卻也忍不住覺得丸谷武智說的「成為編輯」這句話不太對。

誠如他所言，我的才能或許就是找出世人還不知道的故事並將這些故事分享給周遭。成功與他人分享自己信任的故事時可以療癒我的孤獨。

不過，丸谷武智錯了。我很清楚，這世上有種迷人的工作，不是一年一、兩本書的作家，也不是十本、二十本書的編輯，那種人一年可以經手一百本、一千本書籍。

那是決定我人生的一個夜晚。從這世上遠遠超過一億本的書籍中，精挑細選自己認定的書籍，不辭辛勞，一本一本悉心介紹，直接送到客人手中。也就是說，我將來要當的不是小說家也不是編輯，而是一名書店店員——

我一想像自己成為書店店員的模樣，身體便蠢蠢欲動，不能自已。我幾乎確信，那就是自己的天職。

然而，我花了近兩個月的時間才向丸谷武智報告這件事。我反覆看了無數次的《我們環繞，我們的舞臺》，直到稿紙四角都磨平時才終於下定決心。

地點就在他將原稿交給我的學校圖書館。

「你對我說『找出許多作品，將那些書傳達給世界才是你的使命』，我每次仔細回想這句話都覺得心服口服。你說我沒有寫作的才能，我也找不到任何反駁的餘地。『作家一年一、兩本書，編輯一年十本、二十本書』的論調也很精采，給了我思考人生的機會。」

我低頭深深鞠躬，丸谷武智神奇地盯著我看。我的感想讓他等了兩個月之久，易地而處便能理解他的心情。其實，丸谷武智一定很想立刻就聽到感想，但他卻還是耐心等待，這是因為他信任我。

我由衷感激他的那份心意，另一方面，卻也因為無法回應他的期待而焦慮。儘管如此，我還是坦承相告。

「很棒，真的非常棒。你的才華讓我驚為天人，太精采了。」

「等一下，那個，山本猛──」

「抱歉，我希望你先聽我說。我認為，你的才華的確出色，今後應該繼續當一名創作者。但是很抱歉，我無法成為陪伴、幫助你的人。」

「啊，什麼意思？」

「意思就是，我沒辦法以編輯為目標。當然，我不是因為鑽牛角尖跟你的小說作對。相反的，我認為盡可能地將你寫的書送到讀者身邊是我的使命，才真正像是我告訴你那些古典文學一樣。」

「不是，就說等一下了。你從剛才開始就一直在說什──」丸谷武智突然倒抽了一口氣。

「對喔，我有給你什麼東西對吧？對了，我寫了小說。哇……那已經是好久以前的事，我都忘了。原來如此，你看了啊。」

丸谷武智接下來的話也令人難以置信。

「山本猛，很抱歉在你講得正激動的時候這樣說，但我一點也沒有想要成為小說家的意思。」

「怎麼會？你很有創作才華啊！」

「嗯，我很感謝你的稱讚。不過，創作這件事不是非小說不可吧？我想做的，不是利用文章怎樣又怎樣這種狹隘的事，怎麼說呢？我想要大肆創作自己的人生。」

「抱歉，我聽不懂。」

「我的意思是，我要創作我自己。對了，我現在正在思考公司經營的事，願景是自己創業。其實，這兩個月左右我都在構思商業計畫書這個東西。『現任K學園高中生打造的企劃』，已經有好幾名投資者表示有興趣。不介意的話，你也——」

之後，丸谷武智花了整整五分鐘的時間訴說他即將著手的商業創意。

我的腦袋跟不上他說的那些話。原本，我想跟他聊聊自己終於開拓出來的未來，結果不知不覺又再次被他牽著鼻子走。

大概是看我呆滯的模樣察覺到了什麼吧，丸谷武智一臉為難地搔了搔鼻子說：

「抱歉，都是我在說。不過，這樣或許不錯。嗯，你就當書店店員，一個知名的書店店員，賣一大堆我的書。」

「你的書？你不是要開公司嗎？」

「你這話真好笑。書這種東西，不只限於小說吧？又不是只有小說家才能寫書。我認為，所謂的故事不過是一種形式美，本質上極度缺乏效率。假設某本小說的主題是『因為我們是人類，跌倒也無妨』好了，實際上這種歌頌人類的故事也的確多如繁星，但我認為比起強迫讀者花費那麼多時間與勞力的小說家，相田光男用一句『人類啊』來表現的方式更直截了當，優秀多了。」

「不對。」

「哪裡不對？」

「小說的目的並非只是傳達一種訊息。小說的價值在於讀者透過故事發展的過程、與角色之間的共鳴擁有與自己對話的時間。而且，小說和詩根本不能相比。」

「那只是你的觀點吧？至少，我就沒有要在書裡追求什麼自我對話。我只對可以讓自己成長的知識有興趣，如果能用最快的速度取得那種知識，那種方式對我而言就更有價值。」

那種成長需要的東西，就是自我對話。我雖想這樣反駁，丸谷武智卻沒有要聽我說話的意思。

「算了，不管怎樣，我只是要寫自己認同的書罷了。雖然不知道那會是商業書還是自我啟發書，但我會利用你認可的『創作才華』，用更直截了當的方式向世界傳達我的想法。到時，就由你打頭陣賣我的書。」

不會有那麼一天的。我開始覺得這些對話沒有意義。所以，才會不小心隨口答應：「好啊，等你出書的時候，我會負責把書送到讀者手上。」

我以為，自己和丸谷武智之間的緣分就此了斷。實際上，高中畢業後他念T大，我念K大，兩人甚至再也沒有聯絡。

雖然和給予我人生轉機的朋友分道揚鑣，但成為書店店員，將自己信任的故事傳達給讀者的這個夢想卻不斷膨脹。

大學後我幾乎沒去上課，做些高時薪的打工，拿著薪水走訪了全世界的書店──

由八百年前的教堂所改建的荷蘭「天堂書店」、啟發J・K・羅琳創作《哈利波特》靈感的葡萄牙「萊羅書店」，除了這些知名書店，印度加爾各答的藍天書鋪、巴西聖保羅貧民窟裡的二手書店，也都在我描繪未來藍圖時給予了我幫助。

另一方面，我也探訪了許多日本書店，從北海道到沖繩，我一間一間、仔仔細細地參觀自己有興趣的店家，足跡填滿了地圖。然後，我來到了本店設於東京吉祥寺附近的武藏野書店。

那是間美麗迷人的書店，在絕不算大的店面裡，主流文化與次文化相互交融，象徵了吉祥寺的特色。從背著吉他的年輕人到推著嬰兒的母親，看似從事特種行業的女生還是穿著西裝的上班族，全都和諧地融入書店，各自拿著自己需要的那一本書。

這麼說來，書店實在是個神奇的地方。由於再販制度必須以固定價格販售的緣故，每間店架上的書籍其實大同小異，彼此間卻毫無疑問有著能勾起大家購買欲和令人興致缺缺的差別。當時的我雖然還不明白其中的機制，但武藏野書店明顯屬於前者。

我想在這間店工作——一踏入武藏野書店的瞬間，我馬上興起這個念頭。只是在店裡走一圈，便能想像自己站在櫃檯前的姿態。

我調查了一下，發現自己大學畢業的那年，武藏野書店不招募新鮮人，但我也不可能因此就放棄。我每天前往書店總公司，和當時的董事長柏木雄三先生面對面交涉。

一開始完全不願聽我說話的柏木雄三董事長漸漸出現軟化的趨勢。從在公司前毫不留情賞我閉門羹到願意站著聽我說話，接著准許我搭他的車子，最後是讓我叨擾他位於三鷹的私宅。

此時，我進入武藏野書店工作一事大概已經塵埃落定了。最關鍵的一擊在董事長的公子雄太郎身上。據說，雄太郎平常個性內向，很少向他人敞開心房，不知為何卻十分喜歡我。

雄三董事長看著長男跟我玩耍的樣子問道：「山本，你覺得什麼是書店店員必備的條件？」

回想起來，那是我的第一場也是最後一場面試。

「我覺得是愛。」

我絲毫不覺得難為情。雄三董事長也沒有瞧不起我的樣子，只是若有所感，哼了一聲。

「什麼意思？」

「我走訪了世界各地許多書店，很確定這件事。不管地域性的差別或是規模大小，充滿活力的書店絕對也都包含了愛。在那些店裡，可以感受到店員對書本、對故事、對客人以及對書店本身滿滿的愛意。我自己也只會在那樣的書店買書，與命定的書籍相遇。另外——」

我打住話語，重新挺直椅子上的身軀道：

「總有一天，請您將吉祥寺本店交給我負責。我有自信一定可以打造出那樣的店，也會證明給您看。今後，我會繼續纏著董事長不放。然後在不久的將來，也打算從店員中挑選人才，將習得的帝王學傳授給自己認定的店員。從董事長傳到將來會成為店長的我身上，再由我傳給更未來的店長人選。不，到時候，或許是這位雄太郎公子領導武藏野書店呢。我現在就已經迫不及待那一天的到來了。」

我挺起胸膛放聲說道。原本一臉嚴峻質問我真實想法的雄三董事長，眉眼漸漸染上了笑意。

「我都還沒說要錄用你，就說起店長的事啦？你什麼時候可以過來？」

「今天就可以。」

「白痴，今天店裡已經打烊了。告訴我你真的可以來的時間。」

「學校是三月畢業，但您願意讓我工作的話，我真的可以從明天開始就上班！」

「哼！別忘了你現在的心情。」

「心情……嗎？」

「嗯，那些本來對書店這一行多多少少懷抱夢想進來的人，不到幾年就忘記自己的初衷離開了。從以前到現在，我已經看過無數這樣的事，也見多了那些員工的背影，我不斷失望。所以你——」

滔滔不絕的柏木雄三董事長突然打住。

「不，不對。我不斷失望的人，是自己。」

「什麼？」

「我又讓一個人對在書店工作絕望了。我又奪走了一個年輕人高貴的夢想。我是對這樣的自己感到失望。我真的很沒用。如果說他們忘了初衷，唯一該負責的人就是讓他們忘記初衷的我吧。」

「可是……」

「將來，我真的會把本店交給你喔。到時候，你要打造一個能讓大家工作時眼神閃閃發亮的環境。然後再用打造那種書店的眼睛，尋找新一代的領導人。若能產生這樣的正面循環，武藏野書店一定能有光明的未來。」

「是。」

「充滿愛的書店啊。雖然是陳腔濫調，但如果自己住的街道能有那樣的地方就太棒了。」

「是的！」

「決定好了的話，明天就過來。我很期待和你一起工作。」

「是！」

我拚命忍住幾乎奪眶的淚水。選擇這間公司真是太好了，我要在這裡終老。那一天，我顧不得什麼體面，打從心底這麼想著。

我開始了書店店員的人生，在嚮往不已的武藏野書店奮不顧身地工作。當然，書店的工作充滿了無法盡如人意的事，公司前輩和客人不可理喻的態度也沒少過，我卻不曾因此對工作感到失望。

雖然一方面也是想回應柏木雄三董事長的期待，但我更深深體會到，這份工作無論走到哪裡都沒有終點。

這世上有需要書籍的讀者，也有想將書籍傳達出去的作者。儘管確實存在著「需求者」和「被需求者」，兩者之間卻橫亙著一條巨大的鴻溝。

唯有信任，才能弭平這道不幸的裂痕。當然，讀者最信任的人是作家本人，但那條信任的繩索太過脆弱。讀者不允許作家有一本劣作。不，如果真的是劣作就算了，但也有人是因為自己的心理狀態無法接受，拿著那樣的書斷定該名作家已經沒有前途，頭也不回地離去。

比這更不幸的，是本該連結在一起的兩者卻沒有對上。哪怕是斷掉的緣分也比從來不曾交集來得好吧？大部分的作家還沒跟讀者相遇就結束了。即便某個作品會是某個讀者的人生之書，若不能相遇便等於不存在。

連結這兩者就是我的任務。如果作家和讀者間的信任很薄弱的話，只要讓他們相信我就好。不論是身為讀者的客人，還是來到書店的作家，讓他們願意讀讀山本猛推薦的書，願意將自己的作品交給山本猛處理。

我時時留意讓自己成為這樣的人。透過不間斷的努力，一點一滴贏得讀者與作家的信任，也敢說自己為銷售帶來了貢獻。

另一方面，我也在培育後輩這件事上投注心血。一邊小心翼翼，怕傷害到他們宛如巴哥犬般單純的內心，一邊不厭其煩，諄諄教誨，傳授「武藏野書店主義」乃至柏木雄三董事長的志向和我的帝王學。

最後，我也開始積極參與人力聘僱。與其培養偶然相逢的員工，不如採用自己賞識的人才更迅速。

面對前來參加面試的這些男孩女孩，我極盡所能表現出和藹可親的一面，同時持續拚命尋找未來的山本猛。

然後，我找到了。

一雙不安、低垂的眼睛。儘管那人的相貌絕對稱不上出色，卻隱藏不了心中的狠勁。

那個女孩的眼瞳裡，可以清楚看見跟我一樣的野心。

「呵呵，終於出現杜賓犬了呢。」

我不自覺洩漏了心聲，幾名面試官前輩露出奇怪的神情。

唯有她，沒有絲毫驚訝。

她只是盯著我，臉上浮現得意的笑容，就像在說「啊啊，原來這裡也有一隻杜賓犬啊」。

我緩緩看向履歷。

谷原京子——

現在回想起來，那時的我還真悠哉，把她當成自己的接班人，不知她是頭猛犬，未來將企圖咬斷自己的脖子。

《雖然新店長少根筋》第三章　完

※

全書七章，這麼一來，總算是看到第三章了。

儘管已經花了相當的時間與勞力閱讀卻連一半都不到，這個事實讓我打從心底厭煩。

而且在那還沒看的後半部裡，我大概會以主角級的身分登場吧。《雖然新店長少根筋》一定就是這個意思。

排山倒海的疲憊令我一陣暈眩，我的視線從原稿上移開。

此時，傳來一陣「叩、叩、叩」的聲響，店長踩著宛如穿著高跟鞋的腳步聲出現了。他板著一張臉，表情比平常更緊繃。

「辛苦了。」

我主動搭話。店長指定見面的地方是我常去的咖啡廳「伊莎貝爾」。

店長在我對面的沙發上坐下，無視我的問候。現在的我已經明白他這麼做的理由。

店長的臉看向旁邊問道：「妳還沒看完嗎？」

「抱歉，目前看到一半左右的地方。」

「這樣不是很失禮嗎？」

「失禮是指？」

「假設大西賢也將新書原稿交給妳，妳不會在見面前全部看完嗎？如果答案是不會的話，那就是妳太缺乏自覺；會的話，就是太瞧不起我。」

「但你是昨天才拿給我的吧？我今天的班也是上到傍晚，就算是大西老師的原稿也不可能馬上看完。」

其實我原本想說「光是能看到這裡就很了不起、值得誇獎了」，但顯然，頂嘴絕非上策。

「是嗎，意思就是缺乏自覺啊。」店長像個青春期少年似地表露不滿，個性比平常更惡劣。

店長依舊盯著另一個方向問道：「所以，妳覺得怎麼樣？只看到一半也沒關係，妳的感想是什麼？」

話說回來，這是昨天下班時店長突然交給我的東西。在那樣將近三個星期一廂情願無視我之後，劈頭就塞給我一個大信封說：「如妳所知，我明天公休，晚上六點在伊莎貝爾，請讓我聽聽妳的感想。」聽完這些我毫無所知的情報後，我完全一頭霧水。

我不禁深深嘆了一口氣。

「在說感想前，我可以先問一件事嗎？」

「請長話短說。」

「請問，這到底是什麼東西？」

「這還用問嗎？小說啊。」

「是店長寫的嗎？」

「除了我，還會是誰寫的？」

「可是，我記得店長好像是千葉人吧？」

「對啊，千葉縣山武市。」

「印象中，我好像聽過令尊從事的是酪農業，令堂也在幫忙。」

「是沒錯。」

「店長是K學園的學生嗎？」

「不是，我念的是千葉縣立綠丘高中。」

「您大學時從事過音樂活動對吧？」

「對啊。」

「那，巡遊國外書店的事……」

「等一下，谷原京子。妳差不多夠了吧？從剛才開始就一直在嘀嘀咕咕什麼呀？想說什麼就直接說出來好嗎！」

突如其來的咆哮讓我抖了一下。我戰戰兢兢睜開眼睛，只見店長的臉還是望著另一邊。丟了這麼一長串話卻沒看我一眼也真令人吃驚。

「那個，不好意思，如果是這樣的話，我有點不太明白，我在看的東西到底是什麼。」

昨晚，當我開始看起店長交給我的《雖然新店長少根筋》後便一直耿耿於懷。原稿裡的店長並不符合我所知的店長形象，也有太多地方與我的記憶有出入。我從來沒有表現出杜賓犬的樣子，甚至根本沒和店長面試過。

店長開始不耐煩地掏起耳朵。

「我真的搞不懂妳呢。我不是說這是小說嗎？」

「小說……」

「沒錯，小說，揭露真實的創作，挖掘真相的虛構。有什麼問題嗎？」

「與其說是問題……但如果是這樣的話，我果然還是不懂。」
「不懂什麼？」
「我到底是在看什麼東西……」
「不是，我說了啊——」
店長下意識瞥了我一眼後又立刻將視線轉回去，沒有因為看了我而浮現懊悔的神色，似乎是因為一直堅持看右邊，導致脖子疼痛異常。
店長伸手壓住脖子，眼眶泛淚道：「妳平常在讀小說的時候會一直想這些事嗎？想著『我到底是在看什麼』。」
「當然不會，但這本稿子又不太一樣吧？出現了山本猛這個本名，還有谷原京子。」
「那不是在講我和妳，我們只是原型。」
「這樣很奇怪耶。」
「哪裡奇怪？是妳自我意識過剩吧？」
「並沒有。這很顯然是在講我們吧？連書名都是盜用大西老師的《雖然店長少根筋》。」
「講盜用真失禮，是致敬。」
「大西老師有同意嗎？」

「我又沒有要把這本書拿來營利。」

「我一開始還以為是《新！雖然店長少根筋》，結果不是吧？這個書名是《雖然新店長少根筋！》吧？」

「我不懂妳在說什麼。」

「你怎麼可能不懂？這本小說後面的四、五、六、七章到底寫了什麼？對我的毀謗和中傷？為什麼我非得承受店長這樣的敵意不可呢？我做了什麼壞事需要用一本小說來批評嗎？」

「沒有啊。我沒有那個意思。妳在激動什麼？妳應該先看完後面的內容再評論吧？」

「我不用看。」

「啊？妳說什——」按著脖子的店長企圖將臉轉過來，結果表情再次僵硬，似乎比剛才更痛的樣子。

我瞪著店長的側臉繼續說：「我說，我不用看。」

「妳怎麼可以說這種話！」

「因為新店長不是我。」

「所以我說妳在……啊？」

「幾天前，我已經向專務董事表明，現在的我還無法勝任店長一職。無論是年齡、經驗還是思慮都還不足。」

「啊？」

「所以，我不會擔任店長。我對店長這個立場沒有驕傲，講得更明白點，我沒有餘力去思考要打造一間怎樣的書店。我光自己的事就已經自顧不暇，也沒有多餘的心思照顧其他店員。這三個星期裡，我深切感受到你說要在三十五歲前將我培養成獨當一面的店長這句話的意義。你送我的《君主論》我一頁也還沒翻。我還需要時間，我拜託專務董事，請他讓我再當店員一段時間。」

「啊？」

「新店長不是我。」

「啊？」

「還是你，還是山本猛，店長。」

「好耶！」

啊啊啊的，吵死人了！是說，他最後一次說的是「好耶！」吧！我忍住不耐的心情，虛心低頭。

「我還有很多要學習的地方，請再稍微鍛鍊我一陣子。麻煩你了，店長。」

店長果然高喊了一聲：「好咧！」店長心情好轉時，聲音會超乎尋常的激動高昂。

「話說回來，真令人驚訝呢。」

我撫著桌上的原稿說。重返店長之位似乎讓店長喜不自勝，我從來沒看過他眉開眼笑成這樣。他雖然回問「驚訝什麼～？」卻幾乎沒在聽我說話吧。

我也終於稍微放鬆下來。

「我在想，這裡面寫的內容有多少是真的呢？」

「哈哈哈，這是小說，當然大部分是虛構的。」

「店長原本想當小說家的部分呢？」

「當然是假的啊，我沒那種文采。」

「是嗎？但文章感覺滿有那麼一回事的。」

「所以我說，我只是很擅長模仿而已。」

「什麼？」

「稿子裡不是有寫嗎？我從小學開始就一直模仿他人生活。說起這本小說，我也只是模仿大西賢也《雖然店長少根筋》的文體而已，不是我自己的實力。」

模仿文體是能輕易辦到的事嗎？這也是種不得了的才能吧？我將這些疑問暫放一旁應道：「咦……啊、啊啊，模仿的部分是真的呀。」

「嗯嗯，嗯嗯，也不可能所有東西都是虛構。」

店長依舊眉眼彎彎，一臉開心的樣子。我淡淡地接連發問：「被稱為『神童』的部分呢？」

「是真的。」

「差點就要被取名為山本奮迅呢？」

「也是真的。」

「以前有讀卡夫卡、赫曼赫塞和井伏鱒二？」

「那是假的。」

「很擅長魔術？」

「假的。」

「父母接受不孕治療後生下的孩子也是？」

「那也是假的。欸，谷原京子——」

店長不耐煩地抬起頭。我直視他的雙眼，帶著懇求的心情說：

「那，也沒有丸谷武智這個朋友對吧？當然，那是店長覺得好玩創造出來的虛構角色，不是實際存在的人物吧？」

我屏氣凝神，店長則是一臉訝異。一股緊張的氣氛籠罩在我們兩人之間，有段時間，只有視線彼此交纏。這一定是我第一次和店長互相凝視這麼久。

率先眨眼的人是店長。他緩緩移動身體，重新細心地揉著脖子，不可思議地說：

「妳為什麼要問這個？丸谷武智是實際上存在的人。我們之間真的有過類似的對話，他也像那本書裡宣告的一樣，現在是個企業家。」

「不，可是……這個——」我邊喃喃低語邊翻開手邊的原稿，尋找閱讀時寫下的筆記。

如果真如店長所說，那這是怎麼一回事？

・山本猛＝YAMAMOTO TAKERU
・丸谷武智＝MARUYA TAKETOMO
・竹丸tomoya＝TAKEMARU TOMOYA

三個名字全是變位字謎。竹丸tomoya就是山本猛的推論還未解決，現在又出現了第三名刺客。

所以，丸谷武智就是竹丸tomoya嗎？因為高中時約定「等你出書的時候，我會負責把書送到讀者手上」，所以店長才會對竹丸tomoya的書那麼執著？不，等等，從小學就認識的朋友和自己的名字會形成變位字謎，這種事有可能嗎？話說回來，店長有察覺到這件事嗎？

我的大腦不停運轉。重返店長之位的山本猛新店長沒有要理會我的意思，他毫不掩飾喜悅之情，雙眼閃閃發亮，高聲說道：

「等本店改裝完畢後，我們就邀請作家辦一場座談會吧！上次的活動，我因為人在宮崎不在場。谷原京子，妳趁現在先跟大西賢也老師說一聲。當然，這是慶祝山本猛新店長就職的座談會。啊，這下要忙起來了呢！」

我還要在這傢伙底下工作幾年才行呢……

啊啊，真是的。

店長果然蠢死了！

瞬間，我緊握拳頭，覺得自己好像做了錯誤的選擇。

最終話　果然，是我少根筋

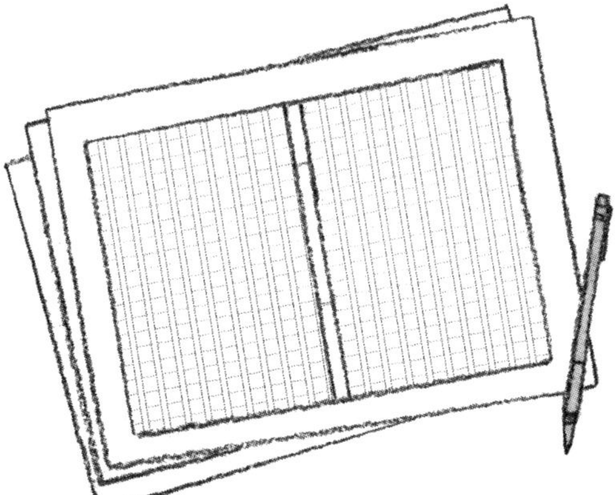

三月的某天，距離本店改裝新開幕還有一週，窗外傳來雲雀啼鳴，所有在武藏野書店吉祥寺本店任職的員工，無一不感到焦躁難耐。

「大家實在太鬆懈了——」

從我聽到要關掉宣告早晨時間的〈音樂盒舞者〉時，就有股不好的預感。

「鬆懈、鬆懈、太鬆懈。各位，你們每個人都太鬆懈了！」

我們之所以能夠忍受山本猛新店長總是拖拖拉拉的朝會，全都是因為能將一切託付給法蘭克・米爾斯的名曲〈音樂盒舞者(Music Box Dancer)〉的旋律。

改裝新開幕終於近在眼前，今早的店長呈現前所未有的熱血沸騰，哪怕是世紀作曲家也不能妨礙自己演說，指示剛進公司不久的工讀生廣原龍太郎關掉音樂。

「我就是在說妳喔，三津濱風子——」

店內的氣氛緊張起來。先說明，武藏野書店吉祥寺本店裡沒有「三津濱」也沒有「風子」這個人，再者，改裝新開幕在即，店裡也沒有一個人鬆懈。

我厭煩地抬起頭。「不會吧……」和「果然……」的想法在心中交錯。店長直視的人，無庸置疑就是我。我不知道他實際上是怎麼記發音的，但看來是把「谷原」念做「三津濱」，「京子」念做「風子」的樣子。

「是嗎，很抱歉。」

無論是搞錯名字也好，或是自己絕對沒有鬆懈也罷，儘管我每一句話都想頂回去，卻仍是放空自己低頭道歉。「谷原，妳還是反駁一下比較好啦。」身旁的磯田真紀子撞了撞我，小聲地說。然而，我們不能再失去更多寶貴的晨間時間了。

店長得意洋洋，吐了一口氣。

「妳是一度要承接店長大任的人吧？不是嗎，谷山遙香？」

「是沒錯。」

「雖然妳哭著來跟我說自己是又笨又慢的烏龜，覺得肩上的擔子太重，卻曾打算承擔重責大任對吧？」

「嗯……是的，是這樣沒錯。」

「那這樣的人是怎麼回事？如果因為變回一介店員就連幹勁也變成一介店員的話，會讓人很傷腦筋喔。」

「啊？」

「我說，其他的一介店員也都在說他們覺得很困擾！」

啊啊，果然不行……看來，我得再一次從這傢伙身上剝奪店長的頭銜才可以……我心中轉著這些想法，嘴角就快要勾起。

我全身上下的血液乒乓地搖晃。我深吸一口氣，抬起頭！「店長！我認為您那樣的說法對谷原姊很失禮！谷原姊和您共事這麼久了卻喊錯她的名字。還有，我自己就算了，但叫其他前輩『一介店員』也很沒禮貌。我堅決表示抗議！」真的只差一點，如果工讀生山本多佳惠晚幾秒出聲的話，我一定會讓眼前那蒼白纖細的脖子吃一記金臂勾。

店長聽見山本多佳惠的抗議後不驚也不怒，理所當然似地點頭道：「的確，該道歉的時候就該道歉。谷口香子，我對喊錯妳名字的事道歉，對不起。另外，我也對各位同仁感到抱歉。大家都是我可愛的員工，的確不該用『一介』這個說法。」

店長淡然一笑道。現在就連十九歲的廣原也露出傻眼的表情。店長對店裡鋪天蓋地的憤慨毫無所覺，重新看向我。

「谷原京子，下週的活動準備得還順利嗎？」

「是，大西老師說有些事想談談，我們今天晚上會見面，應該是做最後的確認。」

「這樣啊。請務必幫我向大西賢也老師問好。有需要的話，我也可以一起出席。」

「啊，不用了。」

你來的話原本能解決的事也會變得不能解決。我用力吞下這句話，鄭重回絕店長。

「是嗎？那這部分就交給妳了。各位，今天也要打起精神一起努力！武藏野書店的新生近在眼前，沒有時間拖拖拉拉了喔！」

啊啊，這下終於解脫了——書店的神明一定把我的這種心聲視為鬆懈。

「啊啊，對了。谷原京子、磯田真紀子，最近會有客人來找妳們，就麻煩兩位應對了。」

「是什麼客人呢？」雖然覺得這不是什麼需要特別詢問的事，磯田卻一臉納悶，歪著頭問道。

店長不知為何驕傲地挺起胸膛。

「據說是五反田出版的編輯和業務。目前只是聽總公司這樣說而已還不清楚詳情。不過，身為一名能幹的書店店員，我的鼻子已經嗅出了什麼，感覺內情並不單純。」

磯田無視放聲大笑的店長，目光移向我，我也用力朝她點點頭。我們兩人對「五反田出版」這個名字都想到了什麼。

「好了，工作，工作。今天也要開心地工作！」目送店長拍著手離開的背影後，磯田語帶顫抖地問我：「谷原，妳認識五反田出版的業務嗎？」

「不不不，我不認識。別說認識了，在妳介紹《Stay Foolish Big Pine》給我前，我根本不知道有這家出版社。」

「對吧？聽說是剛創立沒多久的出版社。」

「而且，《Stay Foolish Big Pine》是他們的第一本小說吧。」

「咦，那出版社的人來做什麼？編輯和業務一起來，不太常見吧？是不是因為『Stay Foolish』賣得太差所以來抱怨？」

「怎麼可能？我覺得不是。」

「那是為什麼？」

「我不知道啊。會不會是『Stay Foolish』要出續集？」

「妳也知道那不是能出續集的書吧？」

「說得也是。」

「咦咦，到底是為什麼？感覺超可怕的。」

雖說不是所有書店店員都是如此，但至少武藏野書店吉祥寺本店的員工全都很怕生。平常業務不來會抱怨，但一旦有沒有見過的人要來又頓時手忙腳亂。

「啊啊，討厭。好鬱卒、好鬱卒。」磯田嘴裡發出念咒似的呢喃，逃回了自己的崗位。

我留在原地，好一陣子無法動彈。我確定，下一樁麻煩事已經降臨。我又再次無法壓抑心中的憂鬱了。

我還不足以擔當重任，也希望再累積多一點經驗，這次想婉拒店長的職位。雖然我沒說過自己是什麼「又笨又慢的烏龜」，卻不後悔當初的決定。

然而，沒有同伴支持我的選擇。磯田冷淡地說：「啊？為什麼？感覺好像被人潑了一盆冷水。」

年輕的廣原失望地表示：「我原本很期待能在谷原姊打造的店裡工作……」

我第一個報告這項決定的小柳真理循循善誘道：「妳是當初離我最近，看過我失敗過程的人吧？那就是最可靠的經驗了不是嗎？」

就連原以為是山本猛派頭號會員的山本多佳惠，都以我不曾見過的表情這麼說：「我不想批判谷原姊的決定。不只是谷原姊，任何人都一樣。只要那個決定真的是本人經過大腦思考得出的答案，哪怕所有人都發難，我也想支持對方。」

「等一下……山本？」

「所以，我想問谷原姊，這真的是妳的靈魂做出的決定嗎？什麼不足以擔當重任，還太年輕等等的，不像是谷原姊會說的話。我不想從妳口中聽到那種打開網路就會出現的陳腔濫調。怎麼說呢？我希望妳可以再更肆無忌憚一點，大鬧一番。我心目中的『谷口香子』就是這樣的女生。」
我沒去注意那簡直像店長附身般的名字謬誤，正面收下了山本多佳惠直率的批判。
那個我因為壯烈的誤會而開始有好感的柏木雄太郎新董事長失望無比，他的獨生子雄介痛罵了我一頓：「谷原，妳這樣不行啦！書店店員能將書店染上個人色彩的機會搞不好不會再有了！」
唯一認同我決定的，只有從店長助理重返店長寶座之位後樂不可支的山本猛店長。
「是吧？是吧？所以我才會一直這樣說啊。唉呀，我不是說妳沒實力，但實在是太早了。就連我，也是三十五歲的時候才擔起店長的重責大任。谷原京子，妳這是明智的決定！」
店長一臉心花怒放，為自己的回歸而高興，丟出一個又一個改裝新開幕的點子。
像是「乾脆改成漫畫專門店吧？」、「由我一直站櫃檯的店怎麼樣？」這種不切實際的企劃，讓人很想跟他說「你敢做的話就做啊」。其中，唯有作家座談會激起我的動力。
我在武藏野書店工作以來經歷過最盛大的活動，果然就是邀請大西賢也舉辦座談會。不只書店店員，就連客人、出版社還有媒體相關人員都融為一體的感覺很難用言語來形容。

從那之後過了四年，店裡也來了好幾位遠比我年輕的店員。看著這些願意在如此艱難環境下持續努力的後輩，我希望也能給予他們當時那樣的體驗。

另外，還是「從那之後過了四年」這件事。距離上次舉辦活動那天才短短四年，世界已經變了一個樣貌。那一天，店內理所當然地塞滿了人群，悶熱的空氣幾乎讓人窒息，現在回想起來已恍如隔世。即便新型傳染病逐漸改變型態，至今卻依然在我們的社會裡橫行霸道，賴著不走。

戴口罩還是脫口罩？出門或不出門？誰才是正義？三年來，各式各樣的理論出現又消失，儘管心情隨著每一套說法起伏不定，我也還是留在這間店裡，繼續將書交到客人手中。

我連這究竟是否正確也不知道。或許，有些人因為我們營業而感到痛苦。或許，我們當初應該跟上層的人建議「現在不該開店」。

我告訴自己，唯獨不能停止思考。我之所以選擇繼續站在店裡的原因無他，只是因為我知道世界上還有那樣的作者存在。

有段時期，疫情期間在老爹的固執下持續營業的美晴裡，大西賢也本人石野惠奈子小姐一直在吧檯前面目猙獰地振筆疾書。

「石野小姐好了不起喔，幾乎每天都來店裡呢。」

同樣幾乎每天都回老家，不知不覺幫起老爹工作的我某次向石野小姐道。

雖然我是看準石野小姐工作告一段落的時機發問，她卻依舊帶著可怕的表情盯著手邊的稿子，看也沒看我一眼。

接著，她喃喃開口：「因為，我現在能做的事只有寫作。」石野小姐不等我的回答繼續道：「因為我從以前就很討厭那樣。當面臨重大事件或災害時，擔心難過是人之常情，但我很怕那種只會自怨自艾、停止思考的人。杵在原地事情也不會有任何進展不是嗎？只知道哭泣的人無法突破現狀。既然如此，我就寫作。反正我的人生一直以來都只能靠寫作來擴展，我也只會寫作。」

「可、可是——」我不是想反駁什麼，話語卻下意識跑了出來。

石野小姐終於抬頭。即便對她訝異的表情有些卻步，我還是下定決心道：

「可是，人們現在真的需要故事嗎？」

「我不知道，應該需要吧。」

「可是，如今真實情況已經遠遠超越幻想了不是嗎？去年這個時候，我從來沒想過我們會面臨這樣的日常。每天每天都有新的資訊覆蓋進來，一直處於惶惶不安之中。在這種情況下，人們真的需要故事嗎？為什麼我們會覺得直到去年為止都一樣的故事今年也適用呢？」

「怎麼了，京子？妳現在沒在看小說了嗎？」
「抱歉，我不太看了。我是那種就算自己身上發生什麼討厭的事，也能淡定看書的類型，但很抱歉，我這次幾乎沒有看書了。」
「是嗎？這樣的話，就是我們輸了。」
「輸了？」
「沒錯，作者輸了。因為我真心相信，正是現在這種時候才是故事出場的時機。這跟故事內容是否直截了當無關，過去的作者能否預測現在的世界也無所謂。我一直都覺得，在這種危難中，自己才更想寫下能夠貼近讀者、懷抱希望的故事。我不怨嘆，也不膽怯，我想當一個在自己即將怨嘆、膽怯時能義無反顧寫書的小說家。我相信讀者的存在，也真心想在此刻寫下當下一次危難來臨時人們需要的小說。」
昔日的美晴彷彿變成了另一個地方。我在無聲、緊繃的空氣中咬緊雙唇。我知道若不這麼做自己會立刻落淚，也覺得不能在這個時間點讓大家看到淚水。
「對不起，我說得太過分了。」
「不會，我很高興能聽到讀者真實的聲音。」
「石野小姐果然厲害。」

「哪裡厲害?」

「能用這種方式面對現在的情況，知道自己該做的事，朝正確的方向祈禱，以及相信自己。」

「什麼呀，這些事妳也一樣啊。」

「我不一樣。我如果待在家裡就會不停看電視，看著新聞發抖，自顧自地沮喪。就像妳說的那樣，只會自怨自艾，不採取任何行動，也無法振作。」

石野小姐無奈地嘆了口氣道:「聽我說，京子，如果我是那麼堅強的人就不會在什麼美晴寫書了。我只要待在家裡，就會跟妳一樣忍不住看電視，看了電視後也會跟妳一樣害怕。我就是因為明白這點才會來這裡。我只有來這裡才能寫書。對吧，師傅?」

「也不知道是幸還是不幸，畢竟店裡現在幾乎沒客人嘛。石野小姐是老朋友，想怎麼用就怎麼用囉。」

「其實，妳父親也一樣。明知現在不會有客人來，卻相信站在這裡是自己的使命。與其在家裡乾著急，不如去做自己能做的事。」

「不，我沒多想，只是相信客人會來而已。」

「不管怎樣就是那麼一回事。任憑世界怎麼改變，我們都有該做的事。自怨自艾無濟於事，思考什麼才是正確答案也沒用，只是去做眼前能做的事，就是這樣和時代抗衡。明白了嗎？京子。」

那時，石野小姐一心一意在稿紙上刻字的模樣只能用全神貫注來形容，在連出版社都還沒決定的情況下，很早便讓我看了她窮盡畢生之力完成的新作初稿。

簡單來說，這本新作《爆風》是大西賢也有史以來最精采的小說，講述一名被誣陷為恐怖分子的少女為了洗刷冤屈，與警方對抗的故事。這部小說與大西賢也過去的作品沒有顯著的差異，書裡沒有特別指明時代背景，因此走在路上的行人也都沒戴口罩。然而，這個故事毫無疑問是為我們這些活在新世界──必須活在新世界的人而寫。

在徵求石野小姐同意後，我也讓磯田看了《爆風》的原稿。不知道我們在美晴那番談話的磯田也說出了類似的感想。

磯田用一個晚上看完超過八百張的初稿後，表示從中感受到了類似大西賢也出道作的熱度，提起大西賢也在《雖然店長少根筋》以來的聲勢後又補充了這麼一句：「這本書完全是在講述希望吧？至少我的感受是這樣。明明是那麼哀傷的故事，不知為何卻又讓人覺得明天可以再繼續努力。」

對於這部在初稿階段完成度就無話可說的作品，石野小姐持續專注地修稿。出版社則是彷彿在玩弄我們這些人想快點將書送到讀者面前的心意，遲遲未定下上市日期。最後不知道什麼因素，大西賢也的新代表作《爆風》刪減至不到七百張原稿，大型出版社「往來館」將發行日訂在三月底，與武藏野書店吉祥寺本店改裝新開幕差不多同一時期。

店長在得知這項消息後馬上跟我說：「我們找作者來辦座談會吧！」

我帶著可能會以繁忙或疫情為由遭到拒絕的覺悟，直接向石野小姐提出請求。「好，我去。可惜，如果是以慶祝京子就任新店長的形式舉辦就完美了。」雖然我對這個回答不置可否，但石野小姐願意以大西賢也老師的身分來我們店裡實在令人幸福不已。

儘管石野小姐對活動本身抱持積極的態度，基本上卻不會主動提出什麼想法，只是淡淡表示「思考這些是京子你們的工作」，對於我們提出的「想舉辦哪種風格的座談？」、「想討論怎樣的主題？」等問題一律不感興趣。

既然如此，我和磯田便事無鉅細地著手準備。關於「會場是這樣布置」、「參與人數大概是這樣的規模」、「店長會提出這些問題」、「可以的話，希望大西老師談談這方面的事情」等報告與提案，石野小姐一概全盤接受，沒有半句怨言。

距離座談會不到一週，現在萬事俱備，只剩石野小姐當天以大西賢也老師的身分登臺即可。然而……

兩天前的晚上，石野小姐突然來電。

『啊啊，京子，抱歉這麼晚打電話來。那個，關於座談會，我有些事想談談……』

「咦，什麼事呢？」

『電話裡不太好解釋，我們直接碰面聊吧。抱歉，妳可能會覺得我應該要早點說，但我也是突然想到。』

石野小姐大大方方表明意見後也沒問我的行程，只說了句「那就後天見」，單方面掛斷了電話。

我一個人在房裡無聲地嘆了口氣，握著微微發熱的手機展開沒有意義的想像。石野小姐到底要跟我說什麼呢？

美晴的吧檯前只有石野小姐一人，彷彿演繹著開會的緊張感。

「對不起，我遲到了。」

石野小姐連忙從埋首閱讀的紙堆中移開目光，拿下老花眼鏡搖頭道：

「不會，我知道現在是你們最忙碌的時期。話說回來，妳現在下班沒關係嗎？」

「沒關係。今天搬的書特別多，我的手臂都在發抖，我是做完該做的工作才來的。」

「這樣啊。既然如此，就盡情吃一頓好料吧。先上啤酒可以吧？師傅，請隨便給我們幾道菜和生魚片，馬鈴薯沙拉和乾燒蝦仁是必備喔。」

這到底是什麼店啊——這樣的內心吐槽早已不復存在。我和石野小姐拿起隨即上桌的冰涼啤酒乾杯，我像是受到鼓吹般乾完第一杯啤酒。

「唉呀，京子，妳喝得好猛喔。」

「因為今天流了一堆汗啊，啤酒很好喝。」我掩飾緊張，舉起第二杯酒。

石野小姐含笑看著我，開門見山道：「抱歉，今天請妳來不為別的事，就是想談下週的座談會。很抱歉都這個時候了還這樣說，但我可以稍微修改一下座談會內容嗎？我有件事無論如何都想嘗試看看。」

「這倒是沒關係。請問是什麼事呢？」

「就是啊，我想請你們再邀請一位小說家，我想和那位作者一起對談。那位小說家很年輕，我也不清楚對方口才如何，但我會好好主導談話。邀請事宜和座談內容由我全權負責，不用對外公告。如果是我的書迷，應該都會很高興才對。我認為這對你們來說也不是壞事。如果有需要的話，我也可以直接和店長談。」

「等、等一下啦。石野小姐一口氣說太多事，我的腦袋好像要爆炸了。那個，基本上，能夠再多邀一位作家舉辦座談對我們而言是夢寐以求的事，這部分沒有問題。請問，是哪位作家呢？」

石野小姐瞬間面露猶豫。我看著那個反應屏住氣息，趁勢繼續道：「石野小姐沒有什麼小說家朋友吧？妳不是還說盡量不想跟其他小說家扯上關係嗎？這樣的話，妳要和哪位作家對談呢？」

石野小姐目不轉睛地看著我，一動也不動，甚至屏住了呼吸。石野小姐輕嘆了口氣，隨即又像是覺得「再隱瞞也沒用」的樣子若無其事地說：「馬克江本。」

「啊、啊？」

「妳一定知道這是誰吧？畢竟《Stay Foolish Big Pine》是妳介紹給我的。」

「我當然知道馬克江本……」

「我想在書迷面前和這個女孩對談。」

「這、這當然沒問題……應該說，甚至讓人覺得怎麼會有這麼好康的事。但怎麼說呢，妳們要談什麼呢？」雖然理智上理解現在該問的不是這種事，我卻無法阻止脫口而出的話語。

石野小姐不太高興地哼了一聲。

「這個現在不能說。」

「這樣啊。也是呢，石野小姐沒有義務跟我說。」

我卑微答道，大腦陷入一片混亂。當初的確是我將《Stay Foolish Big Pine》介紹給石野小姐。這雖然能說明石野小姐為什麼會知道馬克江本這名小說家的存在，卻無法與她指定馬克江本為座談會來賓這件事連結。即便石野小姐再怎麼著迷這部作品也一樣。馬克江本或許會誠惶誠恐地希望與大西賢也合作，反過來說卻絕不可能。

既然如此，大西賢也為什麼會指名馬克江本呢？

兩人已經聯絡上了嗎？

他們打算在座談會上說什麼呢？

馬克江本也是不公開露面的作者，是不是跟這點也有關係呢？

大西老師邀約的話，馬克江本就會在公眾面前露臉嗎？

大腦因為無數的「？」亂成一團，思緒不停來回打轉。我的腦袋全速運轉，已無心在不管問什麼、石野小姐也不肯回答的對話上。

因此，我遲遲沒有察覺混雜在石野小姐話中的異物。

「老爹——」

「嗯？」

「剛才石野小姐說了『這個女孩』對吧？她提到馬克江本的時候，好像說了『這個女孩』對吧？」

直到石野小姐已經離開三十分鐘後，我才終於察覺到這件事。

「嗯嗯，她好像有這樣說吧。」老爹不感興趣地回答。真教人意外，雖說是自己提出的問題，但我原以為老爹不會記得這種事。

「為什麼你會記得？」

「什麼啦？」

「就是記得石野小姐稱馬克江本『這個女孩』。」

「與其說是記得，不如說她本來就是女生。」

「誰？」

「啊？我們不是在講馬克嗎？」

「為什麼？」

「又怎麼了？」

「為什麼連你都知道？退一萬步來說，就算石野小姐從某處得知馬克江本是女生的情報，你也不應該知道。」

「我知道啊。」

「騙人，馬克江本也是不公開露面的作家。」

「是嗎？那種事我不清楚，但我知道她，因為她有來過這裡啊。我忘了是哪天，她就坐在吧檯那個位子和石野小姐兩個人在談話。雖然沒聽到內容，但談話時她們的表情都很嚴肅。」

「咦！」的聲音卡在喉嚨裡。現在，我終於想起老爹之前在社群平臺上寫的「美晴的反擊狼煙，大快朵頤的兩位暢銷作家」，以及某個與石野小姐談話的背影。原來，那個女生就是馬克江本。

我小心翼翼地問：「馬克小姐是怎樣的人？」

「是個超級漂亮的美女喔。」

「還有呢？」

「非常年輕，感覺很聰明，個性也很認真。不過，那孩子滿陰沉的，從頭到尾都沒笑。」

「你知道石野小姐是怎麼認識馬克小姐的嗎？」

「我哪會知道那種事啊！」

「順便問一下，馬可小姐應該是第一次來美晴對吧？」

「她本人是這樣說啦。」

「這樣講是什麼意思？」

「唉呀，因為我總覺得之前見過她嘛。最近不少年輕女生自己一個人來店裡，我也不可能全都記住，但那種才華洋溢的氣質我很有印象啊。」

老爹反覆喃喃自語：「我一定看過她。」我沒有理會那些話，從背包拿出筆，在手邊的杯墊上寫下「馬克江本」。

自從大西賢也老師也就是石野惠奈子小姐說「希望修改座談會內容」的那晚起，不論工作或是在家，我的腦海想的全是馬克江本的事。

當然，我第一時間便將大西賢也的要求告訴店長。店長已經看過《Stay Foolish Big Pine》了，原以為他一定會大聲嚷嚷，吵吵鬧鬧一番，結果他卻像是早有預期似地只是露出得意的笑容，說了句「我知道了」。

磯田真紀子的反應則不出所料。

「啊？為什麼？為什麼大西老師要和馬克辦座談會？啊？谷原，到底發生了什麼事？」

我非常明白磯田想表達的意思，我的感受跟她一模一樣。更讓我百思不得其解的是，為什麼大家都能這麼冷靜？

「真的，為什麼所有東西都被《Stay Foolish Big Pine》吸引了呢？」

「我最近才又剛看完一遍『Stay Foolish』，沒有覺得哪裡不對勁啊，還是一樣好看。」

「我也是。不知道石野小姐是對那本書的什麼部分有反應？」

「大西賢也和馬克江本是在哪裡認識的呢？」

「誰知道。我問她她也不說。」

「話說回來，跟大西老師介紹那本書的人是妳吧？那時候有沒有什麼不尋常的地方？」

「咦咦，妳這樣問我也……」我想起了那晚的事。我很確定是在美晴的吧檯前。記得，前一刻我和石野小姐還在聊「員工77」和《我要告訴部屬！》的竹丸 tomoya。

在那之前，石野小姐的樣子與平常無異。然而，當她的手緩緩伸向《Stay Foolish Big Pine》後，表情瞬間變得凝重。我還記得，當時的石野小姐一臉若有所思，不發一語。

「為什麼石野小姐的表情會變凝重呢？」磯田訝異地問。我也思考過一樣的問題。

「不知道。不過，我覺得她當時好像一直盯著封面看。」

「那個超普通的鳳梨封面？」

「嗯，我們覺得很無聊、貶得一文不值的那個封面。」

磯田慌慌張張離開，拿了本自己上架的「Stay Foolish」回來。

「這上面有什麼吧？」

我們同時看向封面。當然，還是那樣平淡無趣的設計。一顆大鳳梨插圖、黑體字的書名《Stay Foolish Big Pine》、作者名馬克江本和小小的羅馬拼音，書腰上寫著「為了接納自己，接納世界吧——」

「妳有什麼發現嗎？」磯田問。

「我不懂。或許，石野小姐是對作品內容有所反應吧。她也說過『只是覺得好像很有趣』。」

「是嗎？總覺得很介意呢。」

「我們再怎麼煩惱也沒用。反正，再三天就是座談會，到時就會全部揭曉了。在那之前，我們先努力做好眼前的工作吧。」

我口氣強硬地叮嚀。然而，磯田直到最後都無法釋懷。

從那之後到改裝新開幕的三天裡，我們面臨的忙碌以「激流」來形容再貼切不過，也因此得以不用再苦苦思索大西賢也和馬克江本的事。書架的配置、書本的移動、改裝後各區的選書以及手繪文宣、座談會的舞臺布置……

腦海裡不知道已經想過多少次「完了」。不，實際上我也說了無數次的「這下可能真的完了」。

不只是我，磯田、廣原龍太郎，甚至是平常表現鎮定自若的山本多佳惠也都這麼說。完了、完了、完了……簡直就像新生武藏野書店的口號一樣，每個人都反覆著這同樣的一句話：完了！

儘管如此我們還是辦到了。能夠成功克服難關的理由無他，全都是因為不斷扯大家後腿的山本猛店長身體不適，無法上班的緣故。

不，店長本人其實表現出無論如何都要出勤的決心。

「此刻，可謂集我書店店員人生之大成的時期！哪怕這條性命明天就到盡頭，我也不可能休息。現在，沒有人能阻止我！」

光是講這段話店長便咳了八次。雖說我們每個人都戴著口罩，但所有人在朝會上聽著這番言論時全都臉色蒼白。儘管本人向大家解釋「我從以前就有氣喘」，在疫情前也的確常常咳嗽，但這個時間點實在太糟糕了。

「谷原，妳想想辦法啦，我擔心死了。」

雖然磯田那種說法好像都是我的錯一樣讓人無法接受，但還是得消除大家的不滿才行。

話雖如此，但不管我說什麼現在的店長都聽不進去。他比任何人都期待改裝新開幕，將這件事視為自己再次就任店長的一種慶祝。不過，我也知道店長那句「沒有人能阻止我」是假的。

那天朝會結束後，我立刻打了通電話給新董事長柏木雄太郎。「這麼早而且還是為了這種無聊的事打電話來真的很抱歉——」大概是從我走投無路的聲音中察覺到什麼了吧，新董事長立刻來到本店，要求店長在家靜養。

店長難得表露不滿。

「就算是我敬愛的柏木雄太郎董事長開了金口，我也難以接受。」

在這句有禮的發言間，店長咳了兩次。

「我明白你想表達的意思，也很欣賞你的幹勁。不過，畢竟現在是非常時期。」

「不，我難以接受。我當書店店員這麼久可以說就是為了這一天，請恕我拒絕。」

咳了四次。

「為了這一天……你到底在說什麼……」雖然新董事長對店長露出了說不上是抱歉還是憐憫的表情，但聽到店長繼續扯了一堆書店店員驕傲怎樣又怎樣的言論後，似乎差不多失去了耐性。

「聽我說，山本店長。你從剛剛開始講的全都是自己的事吧？」

「我活我自己的人生，閣下覺得哪裡不妥嗎？」

「現在大家都覺得很不安喔。」

「我說了，沒有問題！」

「我也說了，那種事不是你說了算！」

「那不是尊駕能決定的事！」

「啊啊，煩死了！你說這些話的時候也一直在咳嗽不是嗎！」店長發出還想繼續反抗的氣息，但新董事長使出的殺手鐧令他瞬間沒了氣勢。

「話說回來，你從剛剛開始是在跟誰說話啊！只有口頭上禮貌實際上卻一直推託，連我也忍無可忍囉？如果聽不進去武藏野書店負責人的命令，那就別客氣，請你離開這裡！」

店裡爆出新董事長久違的怒吼。儘管如此，店長有一陣子仍是漲紅著臉，嘴巴開開闔闔想說些什麼。過了一會兒，他像是想到什麼似地拍了一下手。

「的確，柏木雄太郎董事長，您說得對極了，我需要稍微冷靜一下。這幾天我打算將前線交給谷原京子指揮。谷原京子想必也很樂意吧？」

店長說到「谷原京子」時，口氣就像是在說「叛徒猶大」。雖然表現出完全無法接受這一切的態度，店長最後還是像哪個國家來的軍人一樣，旋身離開了。

我比任何人都清楚店長對本店新開幕的幹勁是認真的，心裡也的確同情他，但安心的成分更多。店長被勒令在家休養不只消除了眾人的憂慮，毫無疑問也能提升工作效率。
受命成為代理店長後，我一心只想維持大家的士氣，也提醒自己要在短時間內結束朝會。
「總之，大家一起跨越這道難關吧。幾年後當我們回過頭看時，一定會覺得此刻的我們正在見證身為書店店員最快樂的瞬間。請大家現在先相信我，面對眼前的工作。」
磯田鬧著說：「不愧是谷原。」
廣原恭維道：「果然，我還是想看到谷原姊當店長的樣子。」
唯有山本多佳惠說：「感覺山本店長有點可憐……」
不管怎麼樣，我們所有人在那三天裡展現出無與倫比的團結。雖然店長每日按時五次，早、中、晚、晚、晚發送連文字都沒有的PCR陰性證明照片令人感到十分負擔，但我好像也已經進入情緒亢奮狀態。所以，才會將那個「約定」忘得一乾二淨。
剛出版大西賢也《爆風》的往來館派了業務到店裡，為明日的座談會做最終確認。來訪的山中先生與木梨，是我現在已經非常信任的搭檔。
「總覺得店裡今天的氣氛很好耶。怎麼回事？果然是因為改裝新開幕在即，大家都士氣高昂嗎？」

木梨從大學在武藏野書店打工時起，就是個帶點純真傻氣的女孩。

一如往常散發虐待狂氣息的山中先生斜眼看著天真爛漫的後輩，受不了地嘆了口氣道：「這跟改裝什麼的沒關係吧？山本店長不在才是真正的原因。」

「咦？這麼說來，店長怎麼了？」

「啊，他身體不太舒服。最近一直在咳嗽。」我不以為意道。兩人的表情立刻籠罩一層陰影。

「啊，不是的，不是那樣。最近這個季節好像很多人會這樣，店長也因為自己被迫休息很不滿，你們要不要看看這個？他一天會傳五次陰性證明的照片過來喔。」

我打開手機畫面想讓兩人放心，但看到每天同一時間傳送同樣照片的訊息後，木梨和山中先生的表情都出現了扭曲。

「啊、啊……店長看起來很有精神的樣子，太好了。」山中先生說完，木梨也扯出一個勉強的笑容應道：「對、對啊，真的，很有店長的作風呢。」每當我看見別人露出這種表情時，就會被迫面對自己（就不好的意義而言）對店長已經變得相當遲鈍的事實。

木梨重新打起精神，改變話題：「不過，店裡氣氛能變得這麼好，讓人忍不住覺得谷原小姐果然有當店長的資質。我原本很想看妳成為武藏野書店店長的樣子呢。」
木梨語帶惋惜道。我的判斷正確嗎？將來會不會後悔？拒絕成為店長是我不斷這樣反問自己後得到的答案。然而，每當像這樣聽到周圍的人對自己的期待時，我的信心便會動搖。
山中先生幫了啞口無言的我一把道：
「反正谷原小姐是那種很快就會再成為店長的人。」
「這麼說是沒錯。」
「就像谷原小姐自己說的一樣，她還有很多要學習的地方吧。」
「是嗎？什麼地方？」
「當然是山本店長的思路和工作方法。」
山中先生一臉認真道。山中先生是個相當優秀的人，某些方面卻也有點脫線。木梨似乎將這句話當成玩笑，我卻笑不出來。
木梨見我慌張失措的反應趕忙揮手道：
「啊，對不起，我是不是不該笑？」
「咦？啊啊，沒事。這完全是可以笑的事喔。」我佯裝冷靜，卻擠不出第二句話。
山中先生淡淡看向我道：「老實說，我至今還無法完全掌握山本店長的心思，也始終無法徹底排除他其實異常精明的這項懷疑。就連這次的事都讓我忍不住猜測，他是不是想藉由自己不在這件事創造員工的團結感，又或者——」

山中先生一口氣說到這裡後閉上了嘴巴。木梨訝異地問：

「咦？又或者什麼？」

山中先生回神，眨了眨眼睛。

「啊啊，抱歉。又或者，是想灌輸谷原小姐一些類似身為店長的自覺。」

「這有可能嗎？在新開幕迫在眉睫的這個時間點？」木梨高聲訝道。我的看法也一樣：「對啊，山中先生，不管怎麼說，這實在是多慮了。」

山中先生仍是一副深思的神情，最後，他接受這個結論點頭說：

「的確，我也覺得應該是自己想太多了。」

之後，我們鉅細靡遺地討論了隔天座談會的內容，反覆確認有沒有哪裡遺漏。當山中先生和木梨終於準備離開時，我帶著以防萬一的心情問道：

「那個，關於明天的事，果然還是不能告訴我們對嗎？」

兩人緩緩回過頭。木梨一臉「什麼事？」的表情，山中先生的臉上則是寫著「妳果然會問這件事」。

我快步走向兩人。

「為什麼大西老師會指定馬克江本當明天座談會的來賓呢？為什麼直到今

天都沒有一個人能告訴我們對談的內容呢？馬克老師明天真的會來我們店裡嗎？什麼事情都不知道真的很令人擔心，真的沒問題吧？」

其實我並非擔心。石野小姐說會來那就一定會來。但我不明白為什麼要對活動主辦方的我們隱瞞內容。無論是石野小姐還是山中先生都一直告訴我們「當天就知道了」。

木梨應該也什麼都還沒聽說吧。她將盯著我的視線緩緩移到前輩身上。

山中先生面不改色道：「很抱歉，我不能說。」

「這樣啊。」

「不過，也有可以透露的事，那就是你們大可放心，沒有問題。大西老師不會讓各位的新起點丟臉。據我聽到的消息判斷，馬克江本老師也跟大家站在同一邊。」

「是嗎？」

「是的，絕對沒錯。」

「好，我相信山本先生這句話。」

雖然還是抹除不了心中的煩悶，但與往來館的會議結束後，店裡其他人立刻迫不及待似地喊著「谷原！」、「谷原！」尋求指示，瞬間又將我拉入改裝工作的漩渦中。

託此之福，我對座談會的注意力也被轉移開來。途中，今天沒排班的同事與大學工讀生們也紛紛來到店裡跟大家會合。當我們彷彿高中校慶前一晚般，在團結感與微醺的高昂氣氛中完成一切準備時，時鐘的指針來到下午六點。我幾乎熱淚盈眶。

「哇——！大家——謝謝！真的謝謝大家！」

我明明很害怕「體育會系」的熱血，也莫名討厭店長高聲疾呼的那種團隊一體感，但回過神來才發現，自己正站在活動舞臺上緊握著麥克風。

現場沒有一個人責怪我。臺下有的人跟我一樣溼了眼眶，也有人發出咆哮。一部分年輕的男孩子還趁機大鬧，不斷笑喊著「代、理、店、長！」、「代、理、店、長！」

從外人的眼光看來，這幅景象一定很詭異。我們雖然處於精神恍惚的狀態，卻也當然明白這個事實。同時，也認定這裡不會有什麼「外人」。

按照慣例，書店的神明將這種態度視為鬆懈。神明到底要給這麼努力工作的我們多少試煉才夠呢？

「谷原姊，谷原姊！」

山本多佳惠向沐浴在眾人目光中，處於半迷離狀態的我喊道。我突然被拉回現實，偏著頭問：「嗯？什麼事？」

山本多佳惠一臉抱歉地說：「那、那個，很抱歉在氣氛這麼熱烈的時候找妳……那、那個，好像有客人來、的樣子……」

山本多佳惠手指的方向站著兩名身穿夾克的男子，兩人一確認到我的視線，立刻同時低頭鞠躬。

我跟著點頭行禮，然後終於想起——這麼說來，是今天。店長說「有客人會來訪」。雖然他的確說是今天，但我沒意識到那天就是改裝新開幕前一天。

我下意識地擦汗，以微溼的手梳整髮型，喊了聲：「磯田！」磯田似乎也已經掌握狀況，也在整理凌亂的頭髮。

我們急忙走向那兩人。

「抱歉讓兩位看到這麼丟臉的樣子。其實，明天是我們書店改裝新開幕的日子，我們剛剛正好完成了所有布置。」

我說著不成藉口的藉口，堆起滿臉笑容。如果對方也一起笑的話就得救了，但兩名大約與我同齡的男子卻始終維持一號表情。

「沒這回事。我們知道在這麼重要的日子前來很失禮，但只有今天有辦法登門拜訪……平常承蒙貴店關照，我是五反田出版的業務，佐藤。」

「我是編輯武田。」

別說是一起笑了，五反田出版的業務和編輯感覺十分緊張，露在口罩之外的眼睛莫名充滿血絲，就像在瞪人一樣。

我們收下印有「GP」字樣的名片，那大概是「五反田出版」的簡稱吧。

「您好，我是負責文學書籍的谷原，這一位是磯田。很抱歉，山本店長身體不舒服，今天在家休養。」

「沒關係，我們聽說了。我們今天來是有事要和兩位商量。」

「是的，我們也有聽說……那個，不好意思，請問到底是——」

我的聲音因為兩人鄭重不已的態度而發顫，磯田也下意識抓著我苔蘚綠的圍裙，一臉不安。

業務佐藤先生朝編輯武田先生瞄了一眼。武田先生目不轉睛地盯著我看，彷彿能聽見他嚥下口水的咕嚕聲。一股緊張的氣氛將我們包圍。前一刻還在大聲喧鬧的夥伴們大概是感受到這邊不尋常的氣氛，在一旁窺探。

武田先生下定決心似地點點頭說：「百忙之中叨擾實在很抱歉，我們今日來訪的目的只有一個，就是想請兩位看看我們的樣書。」

語畢，武田先生從自己的包包中取出兩份還是印著「GP」字樣的信封。

武田先生將厚實的信封塞到我與磯田的手中後，彷彿達成使命般重重吐了一口氣。

「兩位應該會很驚訝，甚至覺得莫名其妙吧。我們也一樣，作夢也沒想過會收到這樣的原稿，受到了很大的衝擊。即便現在已經了解內情也還是不確定這種事真的可行嗎？真的有機會成功嗎？當然，我們一直在跟有關單位持續交涉，但由於業界經驗尚淺，老實說還不是很清楚。」

我和磯田面面相覷，不明白眼前這個男人究竟在說什麼。我有股想立刻打開信封的衝動，武田先生的眼神卻不允許我這麼做。

「作家強烈希望將樣書交給兩位，希望妳們能看看。」佐藤先生等武田先生說完也低頭鞠躬道：「那麼，我們差不多該告辭了。百忙之中來訪真的很抱歉。明天也請多多指教了。」

「明天？」

「是的，我們也會參加座談會。」

「咦？啊啊，對。」

五反田出版的兩人不理會茫然的我，說完再見後，逃也似地離開了店裡。

我無視背後熱烈的視線，用力撕開信封。第一眼看到的，是標在樣書第一頁上的書名《新！雖然店長少根筋》。

我全身冒汗，繼續抽出下面的紙張，這次映入眼簾的，是「馬克江本」四個字。

我的思考追不上眼前的情況。《新！雖然店長少根筋》和馬克江本之間有什麼關係呢？《雖然店長少根筋》應該是大西賢也的作品，出版社是往來館而非五反田出版。到底是發生什麼事會演變成這樣呢？

大腦拼著一片片的拼圖。我有種感覺，只要填上任何一塊空白，一切就會有結果。而那片線索，恐怕就是石野惠奈子小姐在美晴時的反應，肯定隱藏在《Stay Foolish Big Pine》中。

我茫然轉身，想去拿書。就在這個時候，我和一名夥伴對上了目光。那道我從不曾看過的有力眼神令我全身無法動彈。

過了一會兒，店裡的喧囂再度湧進耳裡。同樣取出樣書的磯田喃喃低語：

「我已經被搞糊塗了……」

雖然昨晚徹底失眠，我的腦袋此刻卻清晰無比。

「讓各位久等了。接下來，為了紀念武藏野書店吉祥寺本店改裝新開幕的大西賢也特別座談會即將開始。我是今天擔任主持人的代理店長，谷原京子。山本店長今天因為身體不適不克參加——」

儘管已經將講稿刻在腦海中，拿著麥克風的手卻還是抖得誇張。這次活動採取防疫措施，座位間距比上次更寬，總數約三十席。當然，參加者大多是大西賢也的書迷，但也來了一小部分的書店粉絲。由於石野小姐要求保密，我們也硬著頭皮沒有對外公告，所以似乎沒有人是為馬克江本而來。

重新布置的書店響起眾人的掌聲。今後，一定會有客人抱怨店裡的陳設，但至少此刻，店員們的內心都雀躍不已。因為，我們會在這裡將下一個故事送到客人手中，這裡也會再次誕生新的故事。

「那麼，我們趕快有請主角，歡迎大西賢也老師上臺。」

坐在最後一排的石野惠奈子小姐緩緩起身。當她經過一旁的通道時，席間傳來一道歡呼：「唷！賢也老師！我們一直在等妳！」其他客人都笑了起來。儘管已經不斷叮嚀禁止大聲喧譁卻還是照犯不誤的，偏偏是自己參加抽選，突破百分之十中獎率來到現場的老爹。

石野小姐神采飛揚地站上舞臺，拿起麥克風抬手說了聲：「謝謝。」如今，已沒有書迷會為大西賢也是女生的事感到訝異。

「那個，大家好。好久不見，我是大西賢也。感謝大家今天來參加新書《爆風》的出版活動……不是，是我熱愛的武藏野書店本店的改裝新開幕活動。我是不公開露面的作家，大西賢也，因為某些因素無法拒絕武藏野書店的請託。」

臺下再次哄堂大笑。不論是人在臺上卻自稱「不公開露面」，或是因為《雖然店長少根筋》欠了武藏野書店一筆人情都成了笑點。

我的眼睛也跟大家一樣泛起笑意，口罩下的嘴角卻依然緊繃。一想到接下來會發生什麼事……不，我還是無法想像任何事，胃揪成了一團。

「京子，新書店感覺怎麼樣？感觸良深嗎？」

石野小姐大致說了些對於書店改裝的感想後向臺下的我問道。知道我就是《雖然店長少根筋》的主角——谷口香子原型的大西賢也書迷，為我們的互動獻上溫暖的掌聲。

「是啊，就途中好幾次都覺得根本來不及，快要放棄的點而言，應該是感觸良深吧。」

「哈哈哈，是不是想著『完了、完了』？」

「是啊，有一瞬間甚至很火大，覺得『這根本辦不到好不好！』」我故意以谷口香子的口氣嫌棄道。

「我懂，我每次快截稿的時候也都這樣想。」

「可是我們沒有大西老師這樣的實力。」

「啊？妳說什麼？如同我是職業作家，你們也是專業的書店店員吧？我們之間並沒有差別，再說，我也沒有什麼實力。我每個月都被逼得走投無路，不知道自己到底有沒有能力，跟剛寫書時一模一樣。話說，我到現在還是覺得自己是剛起步的小說家，真的。」

我看過石野小姐平常的樣子，知道她不是在開玩笑。石野小姐寫稿時總是一臉痛苦的樣子，從無到有的創作不分新人還是老手，都是一樣艱困的過程吧。

不過，客觀而言，大西賢也是已經執筆四十年的文壇大家，書迷當然將這番話當成大西賢也在打趣，笑了起來。石野惠奈子小姐似乎對這樣的反應很不服氣，噘起嘴巴的樣子就像新人一樣可愛。

之後的幾分鐘裡，大西賢也聊了自己對書店的印象並宣傳了一下新書《爆風》。這應該是做給在場的武藏野書店柏木雄太郎董事長，以及往來館人員的情面，她真正想說的話不在於此。

那個時刻終於來臨。大西賢也趁著店裡安靜下來的一個瞬間，左手接過右手的麥克風道：「嗯……接下來要進入今天的正題。應該說，我想向大家介紹一位朋友。這個人也是沒有公開露面的作家，出道時間還不長，大家可能不太認識。她是我現在最關注的年輕作家，比我當年出道時還有才華，應該會成為背負未來文壇的存在。這位朋友的處女作叫《Stay Foolish Big Pine》，內容相當精采。」

觀眾出現騷動，為大西賢也突如其來的發言而困惑。面對不在活動流程表中的發展，店裡的工作人員和柏木雄太郎董事長也全都目瞪口呆。

出版業界規模最大的往來館與新興出版社五反田出版的人，不約而同散發緊張的氣息。我下意識抹去額頭上的汗水，一眼望去，現場並沒有疑似馬克江本的人。不過……

大西賢也深深抬頭望向天花板後，緩緩舉起手臂道：「請各位給予熱烈的掌聲，歡迎馬克江本！」

就在觀眾鬧哄哄，工作人員東張西望的時候，書店後方的自動門無聲敞開。店長雙臂交叉，氣勢洶洶地站在門口，臉上是前所未有的嚴肅，身邊則是名中年女子。我很確定自己看過那名隔著口罩摀著嘴巴的女子。

她就是年輕作家嗎？當在場所有人都這麼想的下個瞬間——

「咦？妳在做什麼？等一下——！」

場內爆出廣原龍太郎的吼聲。觀眾的視線一起從門口移到店裡的一名女子身上。她輕快地脫掉苔蘚綠的圍裙，踩著大大的腳步聲走向大西賢也。

老實說，我的心情更像是「果然如此」。雖然對於事情的來龍去脈、前因後果毫無頭緒，卻也想不到她以外的人選。

「山本多佳惠，妳做什麼——！」

中年女子……山本多佳惠的母親因廣原的喊叫抽搐著身體，最後終於痛哭失聲。

老爹、店裡的夥伴、座談會的觀眾全都茫然無措地愣在原地。始終盤著手臂的店長，目光凌厲地看向臺上。

昨晚，我一回家便立刻看了一遍五反田出版兩人交給我的《新！雖然店長少根筋》樣書。我受到的衝擊無法用「震驚」來形容，感覺就像是遭人用鈍器打破腦袋一樣。

就算這本書是大西賢也的作品，我應該也會很驚愕。因為，石野小姐說過「絕對不會寫『店長少根筋』的續集」，也不再像以前那樣對店裡的事打破沙鍋問到底。此外，雖然我不是在防備石野小姐，卻也不太向她抱怨了。

但這究竟是怎麼回事呢？「新！店長」中依然充斥著內線情報。「新！店長」跟前作（雖然不知道這樣說是否正確）一樣，主角果然還是谷口香子，磯玉紀子、大柳真理子等熟悉的人物也有登場。另外，還出現了廣山龍次郎與山本多佳子這些新角色，店長也依舊帶著那身奇特活躍在故事中。舞臺背景一樣是吉祥寺的小書店「武藏臺書店」。也就是說，《新！雖然店長少根筋》的描寫完全承襲《雖然店長少根筋》的世界觀。

是誰？是誰？是誰？是誰？腦海中充滿對馬克江本的疑問。然而，在閱讀的過程中，這個疑問卻逐漸淡去。

故事從第一行就投下了巨大的震撼彈。

『那是在短短十分鐘前的事，我的確聽到了這麼一句話：「我想這個時期，朝會簡單開一下就好——」

那既非時隔三年與部下重逢的問候，也非對初次見面員工的自我介紹。看著以這句話做為朝會開場白的山本猛前店長……』

我瞬間回想起那天的焦躁不耐。這樣的心理描寫，令人忍不住懷疑根本是我自己寫的。「啊啊，好厲害。」當我理解這部作品不只是單純的模仿時，已沉浸在小說的世界裡。我漸漸不在意是誰寫了這本書，著迷在「我自己的故事」裡。

《新！雖然店長少根筋》與前作相同，總共五章，描寫的全都是我有印象的點滴。為絕不會結束、看不見終點的書店店員生涯感到惴惴不安、對店裡難以理解的工讀生給予關懷和照顧、父親因年齡而催婚的多管閒事、遭新任董事長挑起淡淡情愫的天大誤會，差點被拔擢為新店長的插曲。還有店長與我之間主客交換、令人聯想到《Stay Foolish Big Pine》的精采故事。而貫穿全書的主軸則與大西賢也筆下的故事一樣，是對書店以及書店店員的讚賞。

一口氣看完手中的樣書時已是凌晨五點，腦袋深處發出陣陣疼痛。我拿起長時間被晾在一旁的手機。

一小時前，磯田傳訊過來：「妳還沒起床吧？」她看書總是比我快一些。現在換我猜測她或許已經睡下，儘管如此我還是回覆道：「我醒著。」磯田立刻進一步回傳：『妳看了嗎？』

『嗯，看了。』

『很不得了對吧？』

『嗯。我第一次有了自己果然還是該當店長的想法。』

『這是山本多佳惠寫的吧？』

『應該吧，只有這樣才說得通。』

『好累喔，已經天亮了。』

『還是稍微瞇一下比較好喔。』

『我的眼睛現在炯炯有神。』

『還是躺一下吧，不然會影響明天工作。』

以馬克江本身分登臺的山本多佳惠一直盯著地板。這才是她本來的模樣吧，平常滿不在乎的感覺已經消失得無影無蹤，緊張的樣子連一旁的我們也跟著擔心起來。

石野小姐摟著山本纖細的肩膀道：「那麼，馬克老師，要不要自我介紹一下呢？」

「咦？啊，好……我是山本多佳惠……不，是馬克江本。」

「什麼？我剛剛有一瞬間好像聽到本名囉，是我的錯覺嗎？」石野小姐卯足全力開玩笑，臺下的反應卻差強人意。在場的觀眾被山本的緊張感染，此外，大家的注意力也都放在為什麼大西賢也要為這個無名作家站臺這件事上。

石野小姐有些為難地搔了搔鼻尖道：「既然這樣，那就由我稍微介紹一下馬克江本吧。我之所以會關注馬克江本，是因為相信她就是我自己的接班人。」

瞬間，觀眾席起了小小的騷動。「等一下……」山本多佳惠慌張抬頭。

石野小姐伸手制止她，緊接著說下去：「不，這個說法有點不對。我這樣說，馬克老師會不舒服吧。她在某一本書中完全體會了我的心思，這是我過去從未有過的經驗，身為小說家也感到十分榮幸，非常開心。大家應該聽不太懂我在說什麼吧？那個……五反田出版的代表，你們在哪裡呢？」

佐藤先生和武田先生迅速舉手。石野小姐問道：「我可以公開馬克老師的新書嗎？」見兩人互看一眼點點頭後，石野小姐重新將麥克風靠近嘴邊，這次換山本多佳惠阻止她。

「那、那個……對不起。這件事可以由我來說嗎？」

「當然，當然。不過，觀眾都等不及了，要快點喔。」

「啊，好的。不好意思，那個，我的第二本書即將在下下個月出版。出版社是五反田出版，書名是《新！雖然店長少根筋》。啊，當然，這件事已經取得大西賢也老師的許可。」

「我會寫推薦文～」

「這本書對我而言是非常重要的作品。應該說，我為了寫這本書做了很多努力。」

「例如？」

「那個，其中包含了我在武藏野書店打工，還有在店裡拚命扮演人設。不這麼做的話，我應該會緊張得無法跟大家說話，也沒辦法順利觀察。另外，我本來就是想創作這本書，所以才練習寫了《Stay Foolish Big Pine》——」

「啊，順帶一提，這本書也很優秀，請大家在下下個月前先看一下喔，這是功課——」

「進一步說的話……也是因為這本書我才會從長年繭居的房間裡走出來。我之所以能走出房間，是因為讀了大西老師的《雖然店長少根筋》，想親眼看看書中書店的原型。當我第一次來到這間店時，覺得大西老師好奸詐。」

「奸詐？為什麼？」

「因為我也有了想寫這間店與店裡員工的想法。」

「很有趣的說法呢。那麼，我們差不多正式開始座談會，來談談這些事吧。麻煩誰拿一張椅子給馬克老師。」

石野小姐露出挑釁的微笑，山本多佳惠也下定決心似地點點頭。就這樣，兩人在臺上面對面開始聊起各自在《雖然店長少根筋》和《新！雖然店長少根筋》寫下的內容，那是對書店、書店店員的感謝、期待與鼓勵，也可說是包含這一切的愛。

在石野小姐的引導下，山本多佳惠也帶著滿滿的愛意分享，雖然有些結巴，但怎麼看都像是一名年輕小說家的樣子。然而即使如此，也沒有改變她是我們夥伴的事實。夥伴中有人是才華洋溢的作家令我不禁產生一股難以言喻的驕傲。

我不經意地轉頭，只見店長也驕傲地望著舞臺。我靠近店門口小聲問他：

「你是什麼時候發現的？」

店長沒有問我「什麼？」

「很早就發現了。」

「所以是什麼時候嘛？」

「應該是看妳們很積極在看《Stay Foolish Big Pine》，我就拿一本起來的時候吧。」

「為什麼？」

「什麼為什麼？看那個拼音，白痴也想得到吧？」

「拼音？什麼意思？」

「什麼？谷原京子，妳到底在說什麼啊？」

店長現在才看著我的眼睛。他露出極度訝異的表情翻著自己的包包，接著拿出了書角都磨平的《Stay Foolish Big Pine》。他到底看了幾次呢？

「怎麼了嗎？」

我凝視著熟悉的封面問。店長炫耀地嘆了口氣。

「我不是說看拼音嗎？這個羅馬拼音，有人這樣拼的嗎？我一看到這個馬上就知道了。隔天我直接問山本多佳惠，結果她大吵大鬧，要我絕對不可以跟大家講。這真是，我覺得大家應該都察覺到了，但我畢竟是成熟的大人，所以就配合年輕人演了齣鬧劇。」

那是將近一年前的事了。店長和山本多佳惠在即將開店前的時刻曾經大聲嚷嚷了一段。店長高聲說：「咦——！您說的是真的嗎！」山本多佳惠也拉高嗓門喊著：「等一下啦，店長！就跟你說小聲點了，噓！噓！」我回想兩人那天的對話，重新看向封面。

然後，我無聲倒抽了一口氣。真的，書上的拼音真的亂七八糟，可以說是慘不忍睹吧。作者名「馬克江本」的旁邊寫了這幾個英文字母：

Maaak Yemoto。

我根本不用寫到紙上，反正這幾個字一定會變成山本多佳惠的羅馬拼音「Yamamoto Takae」吧。石野小姐在美晴的吧檯前一眼便看穿了。看穿這件事後她又看了書，大概是透過出版社主動和山本多佳惠聯繫。

兩人見面的地方果然就是美晴。赴約的山本多佳惠一定當場就提了《新！雖然店長少根筋》的事，告訴石野小姐自己接下來想寫，或是坦承已經在動筆這件事吧。

老爹不知道兩人間緊張的氣氛，偷拍了她們的照片，悠悠哉哉上傳到自己的社群帳號。這麼一說，原來如此。山本多佳惠不笑時看起來就是才華洋溢的美女。我的雙眼似乎被「難以理解」的成見蒙蔽了。

一片片拼圖完美地銜接起來。我終於追上來了。這個世界是由變位字謎組成。回頭看後，腦袋清晰不已。

店長沒有露出「怎樣，我很厲害吧？」的表情，仍然只是訝異地垂眸看著我。這令我怒火中燒。「白痴也想得到」幾個字不斷在腦海裡盤旋。退一萬步來說，就算我承認自己是白痴，這傢伙又是哪根蔥啊！此刻，我強烈無法原諒這個男人——

就在我惱羞成怒時，臺上傳來石野小姐開朗雀躍的聲音：「咦，店長有來嘛！店長，難得來了，請跟我們說一句話吧～」

大西賢也的書迷中當然有很多人看過《雖然店長少根筋》，進而也有很多店長的粉絲。在場觀眾聽石野小姐這麼一說，一起回頭，帶來今日店裡最熱烈的高潮。

店長心裡明明暗自竊喜「真是的，結果大家最後還是會拜託我嘛」，卻沒有露出一絲歡喜的模樣。我果然不能原諒他。

所以，我高聲大喊：「大西老師，請等一下！」

我不能讓店長上臺，這與這個男人能幹或平庸沒有關係。至少，這次的改裝新開幕，店長什麼事都沒幹。

不，哪怕是日常業務，店長也沒有任何屁用。就算是為了那些可愛的後輩，我也不能讓這種男人占盡好處。

我推開店長，再次上臺。面對臺下觀眾、工作人員和相關人士懷疑的目光，我已無所畏懼。

「大西老師的《雖然店長少根筋》和馬克老師的《新！雖然店長少根筋》都是很優秀的作品，但這兩本書有個共通的問題，那就是把山本店長描寫得太過溫柔風趣了，店長根本就不是那種人。我們這些每天都會看到他的員工，真的每天都覺得很負擔。」

工作人員的角落爆出類似歡呼的聲音。石野小姐露出不懷好意的笑容，山本多佳惠虛弱地微笑，店長則是一個人滿臉通紅。

兩抹笑容和一張臭臉推了我一把，我放聲道：「雖然不知道下一本書是大西老師還是馬克老師執筆，或是由第三位作家來寫，但到時候我想當主角。雖然現在的主角是一個類似我的角色，但我的意思是，在下一本故事中，我想好好擔任店長的職責，至於書名，我想就叫做——」

沉睡的谷原覺醒，宣告奪取店長寶座。店裡今日的高潮時刻改寫了。除了店長，所有在書店這個密閉空間裡的人都露出了燦爛的笑容。

大家都支持我。

「就叫《雖然店長真優秀》怎麼樣呢？」

連我自己都覺得不怎麼樣，觀眾的反應也差強人意，但大家還是為我獻上了溫暖的掌聲。只有店長還是一副不太高興的樣子。

就在我這麼想時，一股奇異的感覺貫穿我的全身。

觀眾席中只有一個地方的溫度與眾不同。我呆呆看向那個位子，一名女子像隻生氣的貓咪，正橫眉豎目瞪著我。女子大概二十五歲左右，雖然戴著口罩看不太清楚長相，但顯然比我年輕。

女子的喉嚨微微顫抖。我明白，現在靠近的話，一定可以聽到一股憤怒的低鳴。但是，我不明白她為什麼一副要找我理論的樣子。

有個人躡手躡腳靠近那名貓咪女孩的身邊。是店長！

店長一臉嚴肅地在女孩耳畔說著什麼，兩人簡直就像在安排什麼暗殺計畫一樣。貓咪女孩聽著店長說話，頻頻點頭，視線沒有一刻從我身上移開。

書店的日常生活沒有終點，什麼都不會結束所以很痛苦，但也因此高貴、有趣。

如果不跟自己這樣說的話便無法做下去。

同樣注意到異常的石野小姐舔了舔脣，露出期待的目光，連山本多佳惠的臉上都浮現了我不曾看過的調皮笑容。如果《雖然店長少根筋》真的有續集，而且是由谷口香子擔任店長的話，我敢保證，那本書的主角就是貓咪女孩。

我深切感受到，武藏野書店吉祥寺本店的下個問題，已經隨著新刺客一起登場。

本書於雜誌《Rentier》二〇二一年九月號開始連載至二〇二二年八月號，成書內容經過加筆與修訂。

國家圖書館出版品預行編目資料

新！雖然店長少根筋 / 早見和真作 ; 洪于琇譯 . -- 一版 . -- 臺北市 : 城邦文化事業股份有限公司尖端出版 c 英屬蓋曼群島商家庭傳媒股份有限公司城邦分公司尖端出版發行 , 2023.04
面 ; 　公分
譯自 : 新！店長がバカすぎて
ISBN 978-626-356-410-7（平裝）

861.57　　112001686

潮流文學
新！雖然店長少根筋
（原名：新！店長がバカすぎて）

著　者／早見和真　繪　者／田中海帆　國際版權／黃令歡、梁名儀
執行長／陳君平　譯　者／洪于琇　企劃宣傳／陳品萱
榮譽發行人／黃鎮隆　美術總監／沙雲佩　文字校對／施亞蒨
協　理／洪琇菁　美術編輯／李政儀　內文排版／謝青秀
總　編　輯／呂尚燁　執行編輯／丁玉霈

出　版／城邦文化事業股份有限公司 尖端出版
台北市中山區民生東路二段一四一號十樓
電話：（〇二）二五〇〇—七六〇〇
傳真：（〇二）二五〇〇—二六八三
E-mail：7novels@mail2.spp.com.tw

發　行／英屬蓋曼群島商家庭傳媒股份有限公司城邦分公司 尖端出版
台北市中山區民生東路二段一四一號十樓
電話：（〇二）二五〇〇—七六〇〇（代表號）
傳真：（〇二）二五〇〇—一九七九

中彰投以北經銷／楨彥有限公司（含宜花東）
電話：（〇二）八九一九—三三六九
傳真：（〇二）八九一四—五五二四

雲嘉以南／智豐圖書有限公司
（嘉義公司）電話：（〇五）二三三—三八五二
傳真：（〇五）二三三—三八六三
（高雄公司）電話：（〇七）三七三—〇〇七九
傳真：（〇七）三七三—〇〇八七

香港經銷／城邦（香港）出版集團有限公司
香港灣仔駱克道一九三號東超商業中心一樓
電話：（八五二）二五〇八—六二三一
傳真：（八五二）二五七八—九三三七
E-mail：hkcite@biznetvigator.com

新馬經銷／城邦（馬新）出版集團 Cite（M）Sdn. Bhd.
E-mail：cite@cite.com.my

法律顧問／王子文律師　元禾法律事務所
台北市羅斯福路三段三十七號十五樓

二〇二三年四月一版一刷

版權所有・翻印必究
■本書若有破損、缺頁請寄回當地出版社更換■

SHIN! TENCHO GA BAKASUGITE
Copyright © 2022 Kazumasa Hayami
All rights reserved.
Original Japanese edition published in 2022 KADOKAWA HARUKI CORPORATION, Tokyo

This Complex Chinese edition is published by arrangement with KADOWAKA HARUKI CORPORATION, Tokyo in care of Tuttle-Mori Agency, Inc., Tokyo.

■中文版■

郵購注意事項：
1.填妥劃撥單資料：帳號：50003021戶名：英屬蓋曼群島商家庭傳媒(股)公司城邦分公司。2.通信欄內註明訂購書名與冊數。3.劃撥金額低於500元，請加附掛號郵資50元。如劃撥日起 10～14日，仍未收到書時，請洽劃撥組。劃撥專線TEL：(03)312-4212 ・ FAX：(03)322-4621。E-mail：marketing@spp.com.tw